EN LLAMAS

MILLENIUM

EN LLAMAS

Joan Brady

VERGARA
GRUPO ZETA

Barcelona • Bogotá • Buenos Aires • Caracas • Madrid • México D.F. • Montevideo • Quito • Santiago de Chile

Título original: *Flame*
Traducción: Gabriel Dols

1.ª edición: octubre 2005

© 2005 by Joan Brady
© Ediciones B, S.A., 2005
  Bailén, 84 - 08009 - Barcelona (España)
  www.edicionesb.com
  www.edicionesb-america.com

ISBN: 84-666-2466-X

Impreso por Imprelibros S.A.

A mi hermana Patricia
y a mi hermano Paul...
y en memoria de mi valeroso
amigo Anthony Infante

AGRADECIMIENTOS

Mi más sincera gratitud a Peter Miller, mi intrépido agente, y a Marisa Tonezzer, mi juiciosa y lúcida editora en el sello Vergara. Quiero expresar también mi agradecimiento especial a «las chicas» de San Diego —Bobbie, Teresa y Sandy— por todas las charlas a altas horas de la noche y por sus provechosos comentarios que dieron vida a esta historia.

A veces, el único modo de obtener el control...
es dejarse llevar.

PRÓLOGO

Son curiosos los detalles sutiles que registra el cerebro aun en pleno caos. Era apenas el segundo de los cinco días de lo que llegaría a conocerse como la Tormenta de Fuego de San Diego de 2003. Los peores incendios de la historia de California ardían sin control en aquel día en que las agotadas puertas de Urgencias se abrieron de par en par, una vez más, en la espasmódica bienvenida que habían estado ofreciendo al caudal continuo de heridos ingresados. Con los ojos empañados por el humo, la ceniza y el puro cansancio que nace de una confusión de días y noches transcurridos en un servicio de urgencias de pueblo y corto de personal, las enfermeras y yo seguíamos localizando, ordenando por prioridades y desviando a los más graves de entre los graves. Como única médico de la unidad del Canyon View Hospital, trataba de controlar el tiempo para proporcionar una atención de calidad a todos y cada uno de los pacientes que irrumpían por aquellas puertas.

Dio la casualidad de que alcé la vista en el preciso instante en que otro coche de policía frenaba ante la entrada de Urgencias, con un chirrido de neumáticos y la sirena aún encendida. Hasta aquel momento no había reparado de verdad en la cantidad de coches patrulla que podían reunirse aunando los recursos de las poblaciones vecinas. Debo decir que me impresionó la manifiesta generosidad, por no hablar de la dedicación, de lo que suele tenerse por unos departamentos de policía provincianos.

La sirena enmudeció a medio aullido y se abrió la puerta del conductor bajo el fantástico destello de las luces rojas y azules. Un David Zelinski inusitadamente frenético sacó una forma irreconocible del asiento del copiloto y la transportó entre la multitud. La víctima que cargaba estaba sucia, inconsciente y vestida como una muñeca de trapo sobre los brazos embarrados del agente. Entonces un policía novato sacó una segunda víctima del asiento de atrás, y no la identifiqué como pastor alemán hasta que el chico se la echó sin dudarlo sobre el hombro, le sostuvo las patas de atrás con una mano y le acarició la cola larga y gruesa con la otra. Aquello sí que era una auténtica novedad para mí.

A lo largo de los años había tratado a Zelinski de manera ocasional y con discreción por lo que sólo puede calificarse de azote del trabajo policial: la depresión y el alcoholismo. Se trataba de un tipo decente y cabal cuando no se estaba automedicando con una de sus innumerables adicciones. En realidad, me sorprendió su receptividad a mis frecuentes remisiones a Alcohólicos Anónimos, así como a la infinidad de libros de autoayuda que le había proporcionado durante algunos de sus momentos de horas bajas. En cualquier caso, a Zelinski se le daba bien acatar órdenes, y por eso me sorprendió ver que aquel veterano policía, que rara vez se desviaba de las ordenanzas, había transportado una mascota al hospital. También me pregunté por qué aquel día no hacía caso de la camilla que esperaba junto al bordillo y en lugar de eso atravesaba la sala de espera abarrotada como un hombre embarcado en una misión. Con un codo chamuscado y lleno de ampollas aporreó la placa electrónica de la pared hasta que las puertas se abrieron a regañadientes. Apenas superada la aglomeración de la entrada, irrumpió como un misil teledirigido en el centro de la zona de curas y apuntó su cuerpo fornido y su cargamento, en apariencia sin vida, directamente hacia mí.

En mitad de aquel caos, mis ojos repararon en que una pálida veta blanca descendía por el costado de su rostro de policía, por lo general impasible, y empecé a preocuparme. El sudor fue mi primera suposición optimista; sin embargo, el diagnóstico definitivo confirmó que se trataba de lágrimas. Fue el primero de los muchos detalles minúsculos de aquel día que no olvidaría jamás.

Recuerdo que hablé en tono tranquilizador con la mujer flácida e inerte que el agente Zelinski posó con cuidado en la única superficie limpia disponible. Me pregunté si sabía que era una camilla del depósito de cadáveres. Me pregunté también si un acto en apariencia tan inconsciente tendría algún significado.

La víctima, a pesar del fango, las ampollas y la hinchazón, tenía algo cautivadoramente tierno y hermoso. No estoy segura de por qué, pero durante un fugaz momento estuve a punto de compartir las lágrimas de Zelinski. Atribuí con rapidez la vorágine de emociones a la sensación de impotencia y desesperación que se impone cuando sobre una pequeña localidad cae una calamidad indescriptible, como los incendios que ardían desaforados por segunda noche consecutiva.

Alguien corrió la cortina con contundencia en torno a la mujer y a mí para aislarnos de las miradas de Zelinksi y el resto del gentío. Si hay algo que he aprendido de los policías durante mis cinco años en el Canyon View, es que no les gusta que nadie tenga más autoridad que ellos, sobre todo si da la casualidad de que llevan la abreviatura «Dr.» antes del nombre. El personal de los cuerpos de seguridad —sea el Departamento del Sheriff, la Patrulla Fronteriza o incluso la policía local— tiene una entrañable, si no obsesiva, necesidad de dirigir el cotarro. Se trata de un colectivo decidido que tiende a sentir una necesidad acuciante de reducir la fuente del peligro, en ese caso el incendio forestal más devastador de la historia de California.

Sentía el hervor de la impaciencia y la indignación de Zelinski al otro lado de la fina tela que nos separaba como la lenta combustión de un ascua que acaba de aterrizar en un chaparral seco.

Las enfermeras y yo nos pusimos de manera automática las dobles mascarillas a las que habíamos recurrido ya al menos mil veces. La funda de plástico transparente nos protegía de las salpicaduras de fluidos corporales, mientras que las expresiones faciales distanciadas e impasibles que adoptábamos nos escudaban del contacto directo con nuestras frágiles emociones. Así ataviadas, comenzamos la meticulosa labor de cortar y en ocasiones pelar lo que quedaba de la ropa carbonizada de la mujer, esforzándonos a conciencia por no llevarnos jirones de piel en el intento.

La unidad de cuidados intensivos del Canyon View Hospital llevaba funcionando a pleno rendimiento desde la mañana anterior, cuando empezaron a llegar en tromba las primeras víctimas. Según el supervisor de material, se estaba usando hasta el último monitor cardíaco, esfigmomanómetro —incluido alguno que necesitaba una reparación urgente— y bolsas de suero. Los helicópteros llevaban horas despegando y aterrizando sin parar, y aun así el hospital había alcanzado y rebasado peligrosamente sus límites de capacidad.

Las enfermeras y yo trabajamos con denuedo para estabilizar a la nueva paciente, negándonos a reconocer la escasez de camas y de personal capacitado para cuidar de ella si de algún modo conseguía sobrevivir al siguiente par de horas. De eso nos ocuparíamos más adelante. Nuestra prioridad en ese momento era arrancar una vida de las fauces abiertas de la muerte.

Tras entubar a la mujer gravemente herida, poco podíamos hacer salvo mantenerla en Urgencias hasta que por la mañana la transportaran en helicóptero a la unidad especializada más cercana disponible. Aunque no llevaba identificación oficial encima, a una de las enfermeras le pareció reconocerla como la agente más nueva de nuestro Departamento de Policía local de Canyon View. Dave Zelinski confirmó su identidad. Se llamaba Joan Eagan, nos informó. Era su compañera.

A instancias de Zelinski, pasé a ver a la joven agente siempre que tuve un momento libre a lo largo de la noche. La juventud es un concepto nebuloso en los círculos médicos. Puede abarcar desde los dieciocho a los ochenta años. La cuestión es que siempre pensamos que somos demasiado jóvenes para morir. En realidad, sin embargo, calculé que la paciente rondaría los treinta y cinco, poco más o menos.

Hasta la tercera o cuarta comprobación de su estado no descubrí que llevaba algo agarrado. Le cogí con delicadeza la mano derecha, fría e hinchada, y le abrí los dedos rígidos. Bajo los moratones y una capa incrustada de hollín, tenía los dedos delicados. Las uñas presentaban los últimos vestigios de lo que debió de ser una manicura francesa, y me costó imaginarme unas manos tan encantadoras empuñando una pistola, por no hablar de apretar el gatillo. «No me pareces a mí de las violentas —dije con una sonrisa, como si fuera posible que la paciente me oyera—. Eres la viva imagen de la dulzura y la inocencia», añadí con afecto, plenamente consciente de que el oído es el último sentido que se pierde y con la esperanza de que mi presencia la hiciera sentirse de algún modo tranquila y cuidada.

Algo me decía que las heridas de Joan Eagan iban mucho más allá de las contusiones físicas, la deshidratación aguda y las quemaduras de segundo grado que contribuyeron a mi diagnóstico preliminar de «traumatismo múltiple». En cuanto extraña presencia femenina en el dominio de hombres que es la profesión policial, mi suposición era que Joan Eagan sabía tres o cuatro cosas sobre el sacrificio de las sensaciones, la intuición y los instintos en aras de una ocupación que sólo respeta los hechos puros y duros.

Vencí poco a poco la resistencia de los dedos crispados y algo redondo y metálico cayó al suelo de inmediato. Seguí con los ojos el serpenteante recorrido de lo que parecía un aro fino y dorado con aparente vida propia. El anillo rodó sin rumbo sobre las baldosas del box durante lo que se me antojó un espacio de tiempo inusual, antes de llegar a una pausa tintineante bajo la camilla de la paciente.

Lo recogí y lo examiné más de cerca por curiosidad a la luz de la lamparilla de encima del monitor cardíaco. El anillo era con mucho demasiado grande para ajustarse a cualquiera de los femeninos dedos de Joan Eagan, ni siquiera los pulgares hinchados. Estaba claro que se trataba de una alianza de hombre, y calibré las posibilidades de la historia que a buen seguro habría detrás.

Fue entonces cuando sentí la presencia de alguien en la abertura de la cortina.

—Aquí no cabe el sentimentalismo, doctora —bromeó ásperamente Dave Zelinski—. Dicen que «si no late, respira o sangra, no tiene sitio en Urgencias».

—No tiene gracia, Dave —repliqué con sinceridad.

De improviso, Zelinski emitió una tos a todas luces falsa que no me costó reconocer como un intento fútil de disimular un sollozo.

—¿Está casada? —pregunté sin darme la vuelta para que no se sintiera violento.

—¿Está de coña? —replicó Zelinski con impostado tono burlón—. Eagan es la típica poli: evita el compromiso, es reservada, no confía en nadie. Todos saben que en cualquier caso los matrimonios de los polis no duran. Sobre todo si son mujeres.

—Entonces, ¿de quién crees que es esta alianza? —pregunté con humildad.

—Déjenos el trabajo de investigación a nosotros, doctora —gruñó Zelinski, recuperado por los pelos el dominio de su distanciamiento profesional.

No hice caso de la fachada de machote.

—¿Hay alguien a quien debamos notificar su paradero? —inquirí con interés—. Es decir, aparte del departamento.

—Negativo —respondió Zelinski—. No tiene a nadie. Probablemente por eso se quedó en su casa. Es todo lo que tiene. Eso, un chucho grande y un par de caballos viejos, me parece. Intentamos evacuarla con el resto de los habitantes de la zona, pero se negó a irse. Cuando quiere es muy cabezona.

A pesar del tono bronco forzado, percibí en su voz el resurgir de las lágrimas y me volví para consolarlo.

—No puedo mentirle, doctora —farfulló de repente el fornido policía—. No sé qué tiene, que no puedo colarle ni la mentira más piadosa. Es como si siempre supiera cuál es la verdad, da igual lo que cualquiera le intente contar.

—¿Y cuál es la verdad? —pregunté con toda la delicadeza de la que era capaz.

—Tendría que haberle dicho que se largara de allí cuando la tenía al teléfono —confesó un Zelinski manifiestamente desolado—. A lo mejor habría tenido una oportunidad —añadió febril mientras fingía quitarse un cuerpo extraño del ojo—. No me malinterprete —se apresuró a añadir—. Eagan es una poli de primera. Antes estaba en la Autoridad Portuaria de Nueva York/Nueva Jersey, por lo que tengo entendido. Sabe cuidarse, pero daba la impresión, no sé, esa mañana en concreto, me pareció que estaba exagerando, ¿me entiende? Muchas mujeres tienden a alarmarse demasiado en situaciones como ésa, ¿sabe, doctora?

—No, no lo sé —comenté sin inmutarme. Se notaba que esperaba de mí alguna especie de aprobación, pero no la obtendría—. Cometiste un error humano, Dave —ofrecí a modo de bálsamo.

En ese momento la mota irritante parecía haberse desplazado al otro ojo del descomunal agente, que se la apartó con mucho más vigor del que me parecía necesario.

—Se lo juro, doctora —prosiguió—, nadie tenía ni idea de lo feo que se iba a poner esto. Nadie lo vio venir. Para cuando intentamos avisar a Eagan, la única carretera de acceso a su casa estaba completamente envuelta en llamas. Nos imaginamos que era imposible que nadie sobreviviera a aquello... ni nosotros ni ella. Volvimos en cuanto despejamos la carretera.

—Sé que lo hicisteis —lo tranquilicé—. Ya entiendo cómo van estas cosas.

—¿Saldrá de ésta, doctora? —me imploró Zelinski con la voz ronca—. Dígame la verdad.

Por un fugaz momento me sentí como un detenido culpable en la sala de interrogatorios de la comisaría. Bajé la vista a mi paciente, disminuida por el aparato de soporte vital que se erguía por encima de ella.

—Es demasiado pronto para saberlo —fue lo mejor que pude decirle. Le puse el anillo de oro en la mano—. ¿Por qué no le guardas esto? —sugerí—. Supongo que lo querrá cuando se recupere.

Zelinski volvió a frotarse los ojos.

—Si se recupera, querrá decir —susurró taciturno.

1

JOAN EAGAN

La tarde del 25 de octubre de 2003, Joan Eagan se acomodó en el columpio de su porche delantero, ajena por completo a la bengala de cazador que surcaba el aire unos treinta kilómetros al norte. La resplandeciente señal de socorro trazó un grácil arco a través de la atmósfera árida y después cayó en picado al suelo, donde prendió una pequeña y desapercibida llama en la maleza reseca de la Reserva Forestal de Cleveland. Joan Eagan, al igual que el resto del condado de San Diego, no tenía modo de saber que el recorrido aleatorio de aquella bengala encendida cambiaría para siempre el paisaje y las vidas de todos los ocupantes de las comunidades circundantes.

No puede decirse que los residentes no fueran muy conscientes del elevadísimo riesgo de incendios que existía en el condado de San Diego ese año. La verdad es que prácticamente no hablaban de otra cosa.

Además de la grave y prolongada sequía, una plaga masiva de barrenillo había carcomido muchos de los árboles y había dejado atrás sus carcasas secas y vacías como combustible potencial. En cuanto los poderosos vientos de Santa Ana empezaron a lanzar su cálido y tórrido aliento sobre el yesquero conocido como condado oriental, todos supieron que el desastre no podía andar muy lejos.

Las voces que surgían de los bares, restaurantes y billares de la zona estaban teñidas de aprensión. Los veteranos remugaban sin cesar sobre los excursionistas inexpertos que pasaban a menudo por allí. Otros se quejaban de los fumadores descuidados que sostenían el cigarrillo en una mano y el destino de una comunidad entera en la otra. Y aun otras conversaciones se centraban en la lluvia casi inexistente, el número de propietarios que todavía no habían desbrozado sus terrenos y las casas que aún tenían aquellos techos combustibles de listones. Se diría que todos vigilaban con recelo las copas de los árboles a todas horas, esperando descubrir esa primera y ominosa voluta de humo negro en el cielo como la advertencia de un dedo gigantesco.

Pero esa noche no había nada por el estilo en el aire, pensó Joan mientras examinaba el cielo prístino desde su porche. Benditamente ignorante de que el desastre acechaba a tan sólo unas horas, se quitó la goma de la coleta y se soltó el pelo. Vestida con una camiseta blanca sin mangas y unas mallas a lo pirata con cordón en la cintura, estaba tan cómoda y suelta como pueda sentirse un policía fuera de servicio. Miró el reloj: las cinco y treinta y tres. Eso significaba que le quedaban aún más de cuarenta y ocho preciosas horas antes de reincorporarse al Departamento de Policía de Canyon View. Aunque tenía la opción de embolsarse un poco de dinero extra en su próxima nómina, había preferido tomarse la semana libre. Joan Eagan había aprendido a las maduras que el tiempo, y no el dinero, es el bien más preciado.

Después de trabajar veintiocho días seguidos para cubrir a su compañero Dave Zelinski (que se estaba limpiando en alguna granja de rehabilitación de Tecate, México), el capitán Becker le había concedido siete gloriosos días de fiesta. Cuando ya empezaba a pensar que el chaleco antibalas, la pistola, la linterna, la radio y demás parafernalia policial se le había injertado en la carne de manera permanente, Zelinski se reincorporó al servicio, deshaciéndose en sonrisitas y coñas. Se le veía de lo más descansado y relajado; la cara abotargada ya estaba angulosa y prieta, los ojos despejados, y la tez rubicunda del alcohólico se había decolorado hasta presentar apenas un apagado sonrojo saludable.

—Gracias por cubrirme, Eagan —murmuró Zelinski a su regreso—. Te debo una de las gordas.

—Nada, hombre —lo tranquilizó ella—. Escucha, la cosa ha estado bastante tranquila. —Trató de no darle importancia—. Así que... si te parece que necesitas un poco más de tiempo, yo seguramente podría...

—¿Quién eres, Eagan, mi madre? —replicó él con una risa forzada—. No te preocupes por mí, señorita. Estoy bien —anunció con énfasis algo excesivo.

—Me alegro —murmuró Joan, poco convencida.

—Ahora eres tú la que necesita un descanso —apuntó el recién abstemio Zelinksi con tono de complicidad—. Tómate tu semana libre, Eagan. Te la has ganado a pulso.

No pudo evitar percibir su intento pobremente disimulado de imitar un bronco acento neoyorquino, aunque ella sabía perfectamente que había nacido y crecido allí, en el condado de San Diego. Muchos de los chicos hablaban así cuando estaban cerca de ella, al parecer, y se imaginaba que era su modo de dejarle claro que allí no era nada especial. Aunque Joan se había adiestrado en uno de los departamentos de policía más elitistas del mundo, saltaba a la vista que todavía tenía que ganarse el respeto y la confianza del de Canyon View.

La semana libre había pasado con una rapidez increíble. Se había pasado la mayor parte de los días trabajando en su casita, podando las chaparras de atrás y cuidando de su perra y los dos caballos que había adquirido junto con el terreno. Nunca había tenido intención de criar caballos, pero al enterarse de que los anteriores dueños ya no podían ocuparse de sus ancianos palominos, no soportó la idea de que los sacrificaran. Adoptó a los dos animales y luego convenció a uno de los instructores de la división urbana de la policía montada de que le proporcionara adiestramiento y consejos sobre su cuidado.

Durante la última semana había dedicado los días a los trabajos físicos más duros que podía encontrar, para luego pasarse la velada acurrucada en el columpio del porche con un libro en la mano y *Greta*, su pastor alemán de un año, al costado. Allí, a la tenue luz natural del atardecer, se había enfrascado en las páginas de un libro titulado *Vuelve a mí*. Siempre que lo leía la envolvía un pesado manto de sueño, como un potente analgésico que le relajaba la tensión de los músculos... y embotaba el dolor de su corazón.

En ése su penúltimo atardecer antes de volver al trabajo, se tendió sobre los dos cojines del columpio y apoyó el libro abierto sobre el corazón. Cerró los ojos y exhaló unas cuantas bocanadas profundas y purificadoras, tal y como sugería el autor, y entonces probó a evocar una imagen de la persona con la que intentaba contactar. Nunca había creído en ese tipo de cosas, se habría reído incluso de cualquiera que lo intentara, pero el dolor, como había descubierto, da lecciones de humildad. No existía nada que no estuviera dispuesta a intentar si le concedía un último instante con su amado Daniel, aunque fuera sólo para despedirse como corresponde. Eso no debería ser demasiado pedir a un Dios que se lo había arrebatado días antes de su boda; un Dios que había permitido que ocurrieran cosas como el 11 de Septiembre. No es que estuviera furiosa con Dios; sólo que ya no se fiaba de Él.

Decidida, Joan practicó unos cuantos ejercicios más de respiración a fondo y luego trató de rememorar la belleza irlandesa de Daniel y su sonrisa fácil, pero los detalles de su preciosa cara se le escapaban. Había oído hablar a gente que decía percibir signos de sus seres queridos perdidos o incluso recibir de ellos visitas reconfortantes, pero ella no había tenido tanta suerte. En los dos años transcurridos desde la muerte de Daniel, ni una sola vez había sentido el más mínimo atisbo de su presencia. Se sentía engañada... una vez más.

Fue entonces cuando decidió tomar las riendas de la situación. Pasó horas rebuscando en las secciones de metafísica de las librerías del centro donde estaba bastante segura de su anonimato. Como más vale prevenir, adquiría sus selecciones con dinero en efectivo y luego ponía rumbo a casa para devorarlas en la intimidad del columpio de su porche. Las historias y testimonios de esos libros la fascinaban, y la consolaban las palabras compasivas de quienes afirmaban tener la capacidad de contactar con los muertos. Por encima de todo, anhelaba sentir la presencia de Daniel de algún modo, pero de un tiempo a esa parte empezaba a tener problemas incluso para recordar su rostro. ¿Cómo era posible?

Le habría gustado comentarlo con alguien, pero no se atrevía. Se suponía que los polis no creen en lo sobrenatural, y desde luego no eran grandes aficionados a la psicoterapia. Habría sido el hazmerreír del departamento si alguien hubiera visto el tipo de libros que leía desde la muerte de Daniel. Los contactos espirituales y lo sobrenatural eran pasto de chistes y burlas en los ambientes policiales. A los polis los educaban para atender sólo a los hechos y las pruebas, elementos que escaseaban en lo relativo a la pasión y el dolor.

Ya frustrada, cerró el libro y bajó un pie descalzo al suelo del porche. Dio un suave impulso al columpio y alzó la vista con nostalgia a la inmensa extensión de cielo malva y violeta, mientras se preguntaba si existiría de verdad un más allá. De lo que no tenía duda era de que había un infierno. Lo había visto con sus propios ojos.

Todo el mundo había calificado su supervivencia al 11 de Septiembre de auténtico milagro. Joan, sin embargo, nunca lo vio tan claro. La mayor parte del tiempo consideraba que su huida por los pelos de la Torre Sur era un castigo, más que un milagro. De aquella pesadilla infernal sólo había salido indemne en lo físico, pero los olores, los sonidos y los esfuerzos desesperados de aquel día se le habían quedado grabados a fuego en la memoria. De eso no habría huida.

La familia y los amigos, por supuesto, la habían apoyado y habían intentado recordarle la suerte que tenía de estar viva. Lo que era imposible que comprendieran, sin embargo, era que los restos de su espíritu habían quedado sepultados en algún punto de la enorme montaña de cascotes humeantes.

Como centenares de compañeros del cuerpo, ocultó su desolación tras un escudo y un uniforme azul y fingió seguir adelante impertérrita. Por dentro, no obstante, todos soportaban en silencio un dolor atroz que los consumía como los vapores tóxicos del combustible para aviones en llamas que aquel día les habían arrebatado a sus compañeros y seres queridos.

Un año después, la montaña de dolor que había intentado pasar por alto se manifestó de repente en forma de una necesidad urgente de silencio y espacios abiertos. Joan Eagan descubrió que ya no podía aguantar el estruendo de cláxones y frenazos de Nueva York, que parecía magnificarse de un día para otro. Además, de pronto, la frenética actividad peatonal y los fétidos olores que surgían de las estaciones de tren y de metro de toda la ciudad la mareaban.

Así pues, cuando un cazatalentos de San Diego le habló de un departamento de policía de pueblo al que no le vendría mal algo de diversidad en sus filas (es decir, una agente femenina o dos), se abalanzó sobre la oportunidad. Los amigos y familiares le rogaron que no se fuera, insistiendo en que no podía escapar de su dolor y su tristeza. A lo mejor no, pero al menos podía intentar huir de los remordimientos: los remordimientos del superviviente.

A pesar de un considerable recorte salarial, aceptó el trabajo en el Departamento de Policía de Canyon View y trató de estrenar un nuevo capítulo de su vida. Había comprado en un arranque la minúscula casa en la que vivía, y durante el año anterior se había acomodado a un estilo de vida tranquilo, casi recluido.

Pese a todo, el dolor y la soledad no la abandonaban. Si al menos pudiera disfrutar de un momento más con Daniel, pensó por enésima vez. Salió de sus labios un gran suspiro mientras se balanceaba suavemente en el columpio del porche.

La cuenta hasta tres de una codorniz atravesó el aire inmóvil del atardecer, seguida de cerca por el gañido lejano de un coyote. Joan se sonrió: esos sonidos no los habría oído nunca en Nueva York. Siguió allí tumbada en silencio, embebiéndose en la majestuosidad de su entorno y esperando contra toda esperanza algún tipo de señal de ultratumba de Daniel. El anochecer allí era un momento mágico, pensó. Criaturas de toda clase campaban a esa hora, aunque pocas se dejaran ver alguna vez. Incluso el voluminoso venado bura de la zona era sólo perceptible por el chasquido de las ramitas secas bajo sus rápidas pezuñas. Si alguna vez conseguía entablar contacto con alguien que hubiera «cruzado», como decían, estaba segura de que sería en aquel momento del día místico y de transición.

Se columpió apaciblemente durante una hora más, reconfortada por la música de los rituales nocturnos de la naturaleza y el sentido de orden predecible que ofrecían. Miró hacia el oeste y contempló cómo los últimos y magníficos vestigios de luz se fundían en negro a medida que la noche tendía un manto tachonado de estrellas sobre el cielo. Una perlita cantó con el característico gorjeo maullado del pájaro diminuto, y su pareja para toda la vida devolvió el saludo. Por un fugaz momento, todo iba bien en el mundo de Joan Eagan.

No era ése el caso, sin embargo, apenas treinta kilómetros al norte. La pequeña llama que había prendido la bengala del cazador se extendía en metástasis por el bosque como un melanoma maligno. Las criaturas aladas emprendían el vuelo en un éxodo masivo que aprovechaba las corrientes térmicas calentadas para elevarse por encima del peligro de incendio. Ratas canguro, serpientes y otros pequeños animales empezaron a excavar bajo tierra para huir de su propio 11 de Septiembre. Los pinos explotaban como bengalas y los pumas oportunistas rondaban el perímetro del fuego desatado en busca de las presas menudas que a buen seguro saldrían corriendo por delante de las llamas. El caos se adueñaba de la Reserva Forestal de Cleveland mientras la pequeña localidad de Canyon View se preparaba para la noche.

Adormecida, Joan se levantó del columpio y entró en la casa, decepcionada una vez más por su incapacidad para contactar con Daniel. Le dio a su perra el pedacito de hígado de todas las veladas y se preparó para otra larga noche de insomnio.

Miró por la ventana una última vez y contempló las estrellas en el cielo despejado y cristalino, preguntándose cuál de ellas podría ser Daniel devolviéndole la mirada.

—Buenas noches —le dijo, sin avergonzarse. Después se volvió y cerró la entrada, desconocedora por completo de que por la mañana el cerrojo no sería más que un charquito de metal fundido.

2

PAUL LUTZ

Poco antes del amanecer del domingo 26 de octubre, Paul Lutz estiró el brazo hacia el despertador de su mesilla y abortó el insidioso chillido de la alarma segundos antes de que se disparara. Annie, tumbada a su lado y envuelta con una camisola de seda color marfil, se abrió paso a la conciencia con una sonrisa.

—Siempre me maravilla cuando haces eso —murmuró con una voz aún cargada de sueño.

Él sonrió con timidez, dejó el despertador en su sitio y después le rozó con un dedo el carnoso labio inferior. Con la precisión de una pluma trazó una línea sobre su barbilla, serpenteó por la piel fresca y tersa de su cuello y luego viró poco a poco hacia el oeste, en dirección a la pequeña protuberancia tensa que se marcaba a través del corpiño de la camisola como el primer brote tierno de la primavera.

—Y tú siempre me maravillas cuando...

—No empieces —interrumpió ella. Tenía la sonrisa deliciosamente relajada, los ojos todavía soñolientos, laxos y cerrados. Se apartó un mechón de pelo color miel del extremo de sus pestañas oscuras, un gesto que a él siempre le había parecido exquisitamente femenino—. Sabes que no me gustan las prisas —anunció con voz involuntariamente seductora.

—¿Quién tiene prisa? —la incitó él mientras enterraba la cara en una nube de pelo con olor a champú y piel de delicada fragancia.

—Tú —rió ella, y lo apartó—. Pensaba que querías levantarte temprano para buscar localizaciones para la película antes de que haga demasiado calor.

—Te engañé. —Sonrió con malicia. Bajó los labios, en principio hasta apenas rozar los de ella, y el efecto fue sensual y a la vez insoportable—. A lo mejor puse la alarma para algo mejor que trabajar —añadió en tono burlón.

—No te preocupes, que trabajar, trabajarás —le aseguró ella con voz pícara.

Se rió. Y entonces pensó con asombro en el hecho de que, tras diez años enteros de matrimonio, esa mujer —la madre de sus dos hijos— todavía pudiera divertirlo y fascinarlo. Y lo que resultaba más pasmoso todavía, seguía excitándolo como nunca le hubiera parecido posible en alguien tan conocido. Había estado casado antes una vez, a los dieciocho —técnicamente la cúspide de su sexualidad— y aun así no había pasado mucho tiempo antes de que empezaran las discusiones y el sexo se volviera mundano, rutinario e insoportablemente predecible. El divorcio no había tardado en llegar y, tras un breve período de pago de pensiones envueltas en remordimientos, Paul Lutz decidió buscar fuera de las relaciones la emoción y el estímulo que anhelaba.

Había encontrado una salida satisfactoria en su propia imaginación, un lugar donde podía estar seguro de que nadie resultaría herido. Suspendió todas las reglas convencionales sobre lo que es posible o imposible y empezó a explorar un abanico de ideas intrigantes, algunas de las cuales extraía de los periódicos, otras de los acontecimientos cotidianos de su vida, y otras de las simas de desesperación que visitaba con frecuencia después de que la fea realidad de su divorcio hubiera despedazado la ilusión del matrimonio con tanta crueldad.

Se distraía fantaseando con un tipo de vida muy diferente, y no paraba de plantearse la pregunta «¿Y si?»: ¿Y si no existieran la responsabilidad, las expectativas, la obligación y los límites? ¿Y si el sacrificio y la estabilidad fueran mal vistos y se fomentara el hedonismo, la aventura y el dramatismo constante? ¿Qué clase de mundo sería éste? ¿Cómo se sentiría uno? Jugueteaba cada vez más con aquellas ideas y al final empezó a poner por escrito aquellas imágenes creativas en un bloc de notas amarillo.

Aunque no había recibido una clase de escritura en su vida, las fantásticas sagas que nacían de su propia mano le sorprendieron. Quizá por primera vez en su vida, Paul Lutz se había encontrado anhelando la tranquila soledad de una casa vacía. Poco a poco, el hogar había pasado de ser un campo de batalla sembrado de minas que evitar a toda costa a suponer un acogedor refugio. Por fortuna, evolucionó hasta convertirse en el único lugar donde se sentía lo bastante libre y desinhibido para explorar las profundidades de su imaginación y jugar a ser Dios por medio de la escritura de ficción.

En el silencioso anonimato de la escritura creativa, Paul Lutz experimentó por fin una honda sensación de satisfacción, por no hablar de un atisbo de control, al decidir cuál de sus personajes imaginarios viviría, cuál moriría y las circunstancias que rodearían todos esos acontecimientos. Al principio, aquellas sensaciones de omnipotencia y libertad le habían resultado totalmente ajenas e incluso un poco incómodas. Al fin y al cabo, se había criado en bases militares, hijo de una devota madre católica y un padre piloto de la Marina, poco dados ambos a las ensoñaciones, las fantasías alocadas o cualquier cosa que fuera en contra de la convención y la tradición.

Los cuadernos en blanco habían sido el único medio de libertad para Paul en aquellos días claustrofóbicos de la infancia. Las páginas limpias, inmaculadas de un diario vacío representaban el único lugar donde era seguro dar voz a lo que pensaba y explorar el territorio ilimitado de su cabeza.

Tras el divorcio no había tardado en retomar aquella codiciada variedad de escapismo, y fue una agradable sorpresa descubrir que tenía mucho que poner al día sobre sí mismo. La autoexpresión desenfrenada se convirtió en un práctico canal de salida para el recién divorciado Paul Lutz. Tanto la soledad como el egoísmo de un estilo de vida independiente de súbito se antojaban más una recompensa que una desventaja. Aquella oportunidad tardía de darse caprichos le ayudó a entender y apreciar el tipo de pasado doloroso que tiende a preceder la mayoría de grandes novelas, películas profundas y vidas con sentido.

Tuvo el antojo de presentar una de sus obras favoritas a un concurso de guiones y se había llevado el primer premio, que incluía la matrícula en un curso de seis semanas impartido por uno de los principales productores cinematográficos de Hollywood. A partir de entonces, se había entregado en cuerpo y alma a la vida de aspirante a guionista, afinando su arte y llevándose sus palos, hasta producir un impresionante abanico de imaginativos proyectos de guiones de género, tres de los cuales —asombrosamente— Hollywood había convertido desde entonces en éxitos de taquilla.

El primer sorprendido por su éxito como escritor había sido el propio Paul Lutz. La variedad, el sensacionalismo y la emoción nutrían sus líneas argumentales y lo habían convertido en una especie de imán social a esas alturas. Las fiestas, las mujeres, el prestigio, el dinero... todo lo había insensibilizado con creces respecto de la abrumadora vacuidad de su pasado creativamente mutilado. Se sentía curado. Era feliz. Y ya no estaba solo.

Y entonces, como para devolverlo de sopetón a la realidad, había conocido a Annie en un *casting*: un dechado de ternura, risas y luz. Aunque había tratado de disuadirse, en algún rincón profundo y primitivo de su corazón supo que estaba preparado para darle otra oportunidad al amor y que aquélla era la mujer con la que intentarlo. Lo sorprendente es que no fue la belleza de Annie lo que le inspiró a escribirle un papel a medida, sino más bien una infrecuente y genuina cualidad de autenticidad que ella poseía. La había admirado en la pantalla y se había enamorado de ella en los rodajes de exteriores, en las tórridas selvas tropicales de Costa Rica, durante la producción de su segundo gran éxito.

En los años que siguieron de algún modo reunió el valor suficiente para volver a casarse. En esta ocasión, sin embargo, el matrimonio lo había sumido en una profunda laguna de satisfacción y le había ofrecido poco a poco las tiernas emociones que habían estado estrictamente prohibidas para el hijo de un piloto de la Marina de carrera.

Seis años después de convertirse en su esposa, Annie dio a luz a su hijo Jack, y luego, cuatro más tarde, había tenido una preciosa niñita a la que llamaron Jennifer.

Semanas después de su segundo embarazo, Annie ya volvía a estar en perfecta forma, gracias a una abdominoplastia posparto, largas horas en un gimnasio de Brentwood y la voluntad suficiente para privarse de todo lo calórico y sabroso. A Paul Lutz seguía maravillándolo la intensidad de la atracción que sentía por su esposa. Annie le resultaba excitante, aunque a la vez sagaz y fiable. Hoy como ayer, los restos de sus viejos mecanismos de defensa se coagulaban y evaporaban al calor de sus ojos castaños como el jarabe de arce. Sus manos seguían sintiéndose irresistiblemente atraídas por el dibujo de las curvas ceñidas y femeninas que llamaban desde debajo de las sábanas blancas y frescas. Para su gran sorpresa, se deleitaba en la monogamia, la fidelidad y el privilegio de presenciar el terso desenvolverse de su amor en flor.

—Mamá, papá —gimió una vocecilla desde los pies de la cama—, he tenido una pesadilla.

Jack llevaba sólo unos calzoncillos de dinosaurios, un conjunto que sólo un crío de cuatro años podría lucir con un mínimo de dignidad. Avergonzado, se tapó la cara con un gorila de peluche que llevaba agarrado con las dos manos y luego se asomó con timidez por detrás de él con ojos que eran la viva imagen de los de su madre.

En un abrir y cerrar de ojos, Annie se transformó de amante sensual y seductora en mamá oso protegiendo a su osezno.

—No pasa nada, tesoro. —Lo arrulló, con los brazos de súbito tendidos en la dirección de su hijo—. Ven aquí, cielo. Mamá te abrazará.

A Lutz le maravillaba la facilidad con la que madre

e hijo se amoldaban el uno al otro, como si sus cuerpos no hubieran llegado a separarse durante el proceso del parto. El amor y la confianza entre madre e hijo eran palpables, genuinos y espontáneos, y su mero poder constituía una lección de humildad. El vínculo natural y omnímodo que Annie y Jack compartían era cuando menos magnífico. Se trataba del tipo de amor que todo niño anhela, aunque Paul Lutz no recordara haberlo sentido nunca con su madre.

—¿No habrán sido esos monstruos pesados otra vez, Jack? —preguntó con convicción—. Porque ya sabes, tengo mi Desintegrador de Monstruos aquí mismo debajo de la cama, y en un momento...

—No, papá, no han sido los monstruos.

—Ah. Bueno, ¿no me dirás que ha sido un cocodrilo latoso de ésos, verdad? Porque a ése lo agarraré así por el cuello, le pondré un bozal y...

—Ah, ah. No ha sido un cocodrilo, papá —murmuró Jack con timidez—. Era peor. No sé lo que era. Lo único que sé es que era grande, muy grande. Y tenía el aliento caliente. Como el fuego. E intentaba comeros a ti y a mamá.

—Vale, cariño —murmuró Annie con tono tranquilizador, tomando la cara de su hijo entre las manos.

Lo miró con adoración y examinó los ojos asustados que tanto se parecían a los suyos. Le apartó un imaginario mechón de pelo color chocolate de la frente y luego le besó la sedosa coronilla. Lo atrajo a su corazón y la minúscula cara surcada de lágrimas del niño buscó refugio en el seno cálido y oscuro del abrazo de su madre.

Allí estaba otra vez, pensó Paul, aquella sensación de ser un extraño. Desde luego que no le resultaban desconocidos la naturaleza ni los instintos primitivos que han sostenido la evolución de todas las especies del planeta. Había rodado las suficientes aventuras de acción en parajes salvajes para haber presenciado esa escena más veces de las que era capaz de recordar, tuviera lugar entre un oso pardo y su osezno, una loba y su lobato o una ballena y su ballenato. A su entender, el vínculo maternal era universal, inmutable, misterioso y apabullante en su presencia. A lo largo de toda la historia y en la práctica totalidad de especies de la Tierra, el papel del macho había sido siempre muy distinto y claramente definido.

Con su mayor tamaño y sus músculos más abultados, la mayoría de los machos asumía de forma automática el cometido de proteger y sustentar a la hembra y sus crías. La maternidad, en cambio, había parecido trascender tareas tan mundanas y monótonas y, en lugar de eso, alentaba una conexión etérea y adorable con todas las cosas que escapaba a cualquier descripción. Lo único que podía hacer Lutz era contemplar sobrecogido y admirado el desarrollo del íntimo intercambio entre madre e hijo, dolorosamente consciente de no formar parte integral de él. Como tantos de sus antecesores varones, se sentía al margen; ése era el azote de la paternidad, suponía, desde el principio de los tiempos.

Le asombraba la casta dulzura y el lenguaje sin palabras que fluía entre madre e hijo. Y en todo momento, sin embargo, una pequeña parte de su ser envidiaba en secreto la profundidad, la inocencia, la vulnerabilidad y la mera belleza del vínculo maternal.

—Supongo que será mejor que me ponga en marcha si quiero adelantarme al calor —anunció, mientras salía de la cama y se pasaba unas bermudas caqui y una camiseta negra.

—Papá, no te vayas —gimoteó Jack desde el regazo de su madre—. Todavía tengo miedo.

El ruego de su hijo tenía algo perturbador y familiar que despertó un vago recuerdo de la infancia de Lutz: aquella sensación de pequeñez e impotencia y la necesidad de que alguien mucho más grande y fuerte te protegiera.

—No te va a pasar nada, Jack —le dijo a su hijo para calmarlo—. ¿Tú crees que papá saldría alguna vez de esta casa si algo os fuera a hacer daño?

—Supongo que no —fue la respuesta apagada.

—Pues claro que no —se sumó Annie mientras acariciaba el pelo del niño con ese gesto tan natural en las madres—. Todo va bien, tesoro. Sólo has tenido una pesadilla, nada más.

El bebé empezó a dar señales de vida desde su cuna de la habitación contigua.

—Ya la traigo yo —se ofreció Paul. Al cabo de un momento apareció en la puerta con su hijita encaramada al pecho—. ¿Quieres cogerla en brazos, Jack?

—sugirió—. A veces le gusta saber que tiene cerca a alguien más grande y más fuerte —observó, mientras dejaba con cuidado al bebé en los brazos tendidos de su hijo. Annie envolvió a los dos niños con ademán protector y sonrió.

—Qué mona es, ¿verdad, Jack?

El niño asintió.

—Pero ¿cuándo le saldrá pelo?

—Oye, cuidado con lo que dices de los calvos —bromeó Paul, y se dio unas palmaditas en la cabeza que empezaba a clarear—. Jen no tiene la culpa de haber salido a su anciano padre.

Jack ya se estaba riendo, que era de lo que se trataba, por supuesto.

—No se parece a ti, papá —protestó—. Es demasiado guapa.

—¡¿Qué?! —replicó Lutz con burlesca indignación—. ¿Yo no te parezco guapo?

—¡No! —chilló Jack en respuesta—. ¡Mamá es guapa! —añadió con tono desafiante.

—Sí que lo es —reconoció Paul con voz queda.

Acarició a su mujer en la mejilla con el dorso de la mano y ella alzó la vista hacia él, con los ojos encendidos de orgullo y absoluta satisfacción.

—Pero, papá —decía Jack—, ¿cómo es que todos tenemos los ojos marrones y Jen los tiene azules?

—La mayoría de los bebés tiene los ojos azules, cariño —explicó Annie—. Lo más seguro es que luego se vuelvan de otro color. Es lo que suele pasar. —Tocó con gestó juguetón la punta de la minúscula naricita de su hija—. Puede que ahora no se parezca a nadie de la familia, pero con el paso del tiempo ya verás el parecido. —Echó un vistazo al reloj y miró a Paul—. ¿No te habrás olvidado de que esta noche cenamos con los Clarkson, verdad?

—Ups.

—Hombre, Paul —suspiró Annie—. Es el cumpleaños de Julia. No podemos faltar.

—Vale —cedió con rapidez—. No hay problema. ¿A qué hora?

—La reserva es para las siete y media en Del Caprio. Y ya sabes que necesitamos al menos treinta minutos para llegar hasta allí.

—No te preocupes. —Se sonrió con picardía—. Ya tengo bastante decidido dónde vamos a rodar esto. Volveré con tiempo de sobras. De verdad.

Annie lo miró con severidad.

—¿Lo prometes?

—Lo prometo. —Se rió afectuosamente.

Annie inclinó la cabeza hacia el beso que pendía de la tierna sonrisa de su marido.

—Conduce con cuidado —susurró contra sus labios.

—Deja de preocuparte —insistió Paul—. Lo peor que puede pasar es que nos dé a todos cefalea con estos malditos vientos de Santa Ana. —Se inclinó, besó la aterciopelada frente del bebé, desordenó el pelo de su hijo con la mano libre y salió por la puerta.

3

SEÑALES DE HUMO

Joan Eagan se despertó poco antes del amanecer del domingo 26 de octubre con un mal presentimiento. En lugar del estridente aullido de un despertador, lo que había interrumpido su sueño esa mañana era la completa ausencia de sonido. En el estado surrealista que existe entre el sueño y la plena conciencia, fue dándose cuenta de que el dormitorio estaba tenuemente iluminado por un tono extraño pero en apariencia benigno de naranja. Al principio sintió la tentación de recrearse en el amable y soñoliento fulgor de un día libre sin prisas ni compromisos. Entonces se activaron sus instintos de policía.

¿Por qué, si se podía saber, estaba la muda mañana empapada en aquella desconcertante tonalidad rojiza? El ambiente era por completo insonoro, casi inerte; un cambio drástico respecto del habitual bullicio de pajarería locuaz de primeras horas de la mañana. ¿Por qué las palomas grises que anidaban bajo los aleros de su porche no indicaban con arrullos a sus parejas que era hora de cambiar de sitio? ¿Y dónde estaba el escandaloso y cáustico graznido de los cuervos negros que imposibilitaban dormir más allá del alba? Algo andaba mal, sin duda, y aun medio dormida la primera agente femenina de policía de Canyon View no estaba dispuesta a confiar en las apariencias superficiales de tranquilidad.

Oyó un roce de movimiento en el suelo a su lado, seguido de un repentino desplazamiento de peso, y tanteó la zona por instinto con la mano. Un aliento cálido le rozó la muñeca como una brisa tropical y entonces *Greta*, que siempre dormía en el suelo junto a ella, alzó su enorme cabeza en la inquietante quietud de la mañana. La perra miró sin parpadear hacia la ventana, moviendo el hocico como si interpretara algún mensaje invisible suspendido en el aire cálido e inmóvil.

—¿Qué pasa, chica? —preguntó Joan, paseando la mirada por la habitación—. ¿Qué tienes?

La respuesta de *Greta* fue clara y directa. Bufó, sacudió la cabeza negra y castaña con vehemencia y luego se quedó completamente quieta, como un centinela que acaba de percibir la presencia de un intruso. La perra empezó a babear mientras enfocaba sus pupilas dilatadas hacia las lejanas montañas que se veían por la ventana del dormitorio. Con el pelo erizado, los músculos tensos y la postura tiesa, un grave gruñido amenazador surgió retumbante de su cavernosa garganta.

Joan, despierta y con los cinco sentidos en alerta de inmediato, saltó de la cama deshecha como si bajara de un coche patrulla en el escenario de un crimen. Examinó los tonos apagados de ámbar que teñían las paredes del granero en la distancia y luego avanzó con recelo hacia la ventana abierta.

La adrenalina fluía desbocada por su organismo, le agudizaba los sentidos y amplificaba todos los detalles mientras procesaba el aluvión de datos que empezaba a inundarle el cerebro. Con los pies desnudos notaba un calor inusual en el suelo de madera. El aire seguía inmóvil y cargado de un inconfundible olor a quemado. Gruesa ceniza y ascuas humeantes caían flotando del cielo como copos grises y cálidos de nieve; se pegaban a la ventana y algunos eran lo bastante pequeños para entrar en el cuarto e irritarle la garganta y los ojos.

A través de la tormenta creciente de ceniza apenas distinguía el enorme contorno de las imponentes montañas Cuyamaca de San Diego, que estaban a poca distancia. Por lo general, la silueta de sus picos altivos se dibujaba con nitidez a la luz pura y cegadora de la mañana, pero no era el caso. En ese amanecer el colosal macizo no era más que un borrón gris sobre un cielo caliginoso y ceniciento. El sol era una tenue bola de chicle rojiza suspendida a baja altura en la fantasmagórica distancia... y a Joan Eagan la pilló desprevenida una oleada familiar de temor.

Un sinnúmero de olores vagamente conocidos surcaban el aire, le provocaban picores en la nariz y llamaban a las puertas de una memoria blindada con esmero. En algún punto, un semental piafó desde su establo y evocó imágenes vivas e inenarrables, exhumadas sin piedad de la tumba a flor de superficie que era el recuerdo de Joan.

Con la mandíbula prieta y el corazón desbocado, la agente de policía de treinta y ocho años se puso unos pantalones grises de chándal y cogió al vuelo una camiseta blanca colgada del picaporte. En su frenética carrera para comprobar el estado de los caballos, tropezó con algo cercano a los pies de la cama. Recobró el equilibrio con experiencia sin aflojar el paso... y sin fijarse en el manoseado ejemplar de *Vuelve a mí* que yacía ahora arrugado y maltrecho en el suelo, con varias páginas arrancadas y diseminadas por su paso.

Salió corriendo al patio medio desnuda y se pasó la camiseta de algodón como si fuera un chaleco antibalas. Con *Greta* trotando a su vera, examinó el entorno inmediato en busca de información pertinente y objetiva que pudiera ayudarla a evaluar la situación. Tomó buena y certera cuenta del olor a chaparral quemado y árboles carbonizados, y el inconfundible hedor de las pieles de animales chamuscadas mientras avanzaba hacia el pesebre de sus caballos.

Los dos animales percibían el peligro; eso se hizo evidente en cuanto Joan abrió de un empujón la puerta del viejo y mohoso granero. Las fosas nasales, húmedas y oscuras, dilatadas. Las orejas que se sacudían descontroladas y luego se aplanaban contra las testas equinas. Un conjunto de cascos que escarbaban con nerviosismo en el suelo cubierto de paja, y dos caballos que la miraban con ojos desorbitados en una súplica muda y frenética de huida.

—Vale, tranquilos —murmuró con voz queda en su tono de policía conciliador—. Ya está. No pasa nada. No os pasará nada, chicos. Mamá está aquí.

Les acarició la cabeza gigantesca y les dio palmaditas en la cruz. Los caballos no se tragaron sus falsas palabras de ánimo, y no los culpaba. No tenía mucho sentido mentir a un animal, pensó. A la gente se la puede engañar. Se le puede proporcionar incluso una falsa sensación de seguridad mientras se idea un plan de fuga para ella. Los animales, sin embargo, siempre saben la verdad. Sus agudos instintos de supervivencia a menudo suponen la diferencia entre la vida y la muerte, y no pueden permitirse pasar por alto ni el más mínimo indicio de peligro inminente.

Igual que un buen policía.

Joan Eagan se obligó a permanecer tranquila, a la par que atenta y en guardia, rechazando el miedo turbio que la asaltaba como la niebla a la cima de una montaña. Cobró dolorosa conciencia una vez más de la presencia pesada y característica de un desastre en ciernes, sintió el cosquilleo de sus tentáculos en la nuca, olió su fétido aliento en la cara. Si escuchaba con la suficiente atención, estaba segura de que lo oiría rondar tan cerca que le entraban ganas de agujerearlo de un puñetazo.

Embobada, buscó el teléfono móvil que llevaba en el bolsillo del chándal y pulsó en marcación abreviada el número de la comisaría.

—Policía de Canyon View, al habla Zelinski. —Su tono carecía por completo de interés y a Joan no la sorprendía.

—¿Dave? —preguntó con voz inexpresiva a la que trató de que no asomara el pánico—. ¿Qué coño pasa?

—Relájate, Eagan —murmuró un Zelinski a todas luces distraído—. El incendio está muy lejos de tu casa. Vuelve a la cama.

—Cuéntaselo a mis caballos —replicó ella secamente.

Percibió de fondo el quedo chasquido de la más reciente adicción de Zelinski: una máquina de videopóquer en miniatura que le había comprado a un colega de rehabilitación. Suspiró en voz alta, molesta al ver que sólo la escuchaba a medias.

—Me acabas de interrumpir cuando estaba a punto de batir mi récord —se quejó él primero, no menos irritado.

—¡David, presta atención! ¿Dónde está el incendio? —insistió, nada afectada por su tono rezongón.

Se produjo un breve silencio, y luego:

—Lo tienes más de veinte kilómetros al norte, Eagan. No te estreses.

—Parece muy, muy cerca —replicó ella, preocupada.

Sonó de fondo una repentina melodía mecánica

que anunciaba que Zelinski acababa de ganar otra mano.

—Los teléfonos no han parado en toda la mañana —informó éste con despreocupación—. El DFC está en ello. Confían en tenerlo apagado en cosa de una hora.

Aunque el Departamento Forestal de California era un cuerpo de primera, a Joan aquello le seguía dando mala espina. Observó el rastro de un ascua resplandeciente que cayó plácidamente desde el cielo, aterrizó en el borde de un cubo de pienso y por último se extinguió.

—Más nos vale confiar en que los vientos no cambien de dirección o se hagan más fuertes —comentó con aprensión—. Esta zona prenderá como la pólvora.

Joan descubrió que las palabras sonaban huecas en boca de alguien que llevaba poco más de un año viviendo allí. Zelinski se aferró a su falta de experiencia y aprovechó al máximo la oportunidad de alardear de su familiaridad de toda la vida con los incendios forestales californianos de temporada.

—¿Quién sabe más de este rollo? —preguntó distraído—. ¿Una chica de ciudad trasplantada como tú o un tipo de por aquí como yo que ha vivido en esta zona unas docenas de temporadas?

Uno de los sementales bufó en ese momento con nerviosismo y arrancó el claqué equino que suele preceder a su voluntad de escapar.

—Mira, tengo que colgar —anunció Joan con tono

deliberadamente inexpresivo para atajar cualquier despliegue adicional de pose viril—. Llevaré el móvil —añadió como si tal cosa—. Avísame si cambia algo.

—Cuenta con ello —respondió Zelinski, y desconectó la llamada. Se recostó en su cómoda silla giratoria y pulsó otro botón de la maquinita de póquer. Vio con absoluto deleite que una escalera de color se iluminaba al instante en la diminuta pantalla y en su rostro radiante se encendió de manera simultánea una sonrisa de satisfacción—. ¿Ves? —anunció a la comisaría vacía—. Nada de qué preocuparse.

4

EL TROTAMUNDOS

Paul Lutz llevaba paseando por la Reserva Forestal de Cleveland desde el alba, pero no fue hasta las ocho o así cuando reparó por primera vez en la oscura columna de humo que se elevaba en la distancia. Aunque nunca había sido un hombre dado al pánico, de repente sintió un escalofrío que le bajaba rápidamente por la espalda a pesar de la temperatura calurosa. Los vientos áridos del desierto «soplaban en la dirección que no tocaba», como había concluido una vez su hijo Jack cuando Paul intentó explicarle el significado de los vientos de Santa Ana. El sur de California estaba experimentando una de las peores sequías de las que se tenía recuerdo y el sentido común dictaba que el peligro de incendio era extremadamente alto en condiciones tan volátiles. Los implacables vientos desérticos eran tan bienvenidos como una cerilla en una fábrica de queroseno.

Se quedó quieto y olfateó el aire como un puma receloso y atento que comprobara el entorno. Las corrientes eran tan cálidas como el aliento de una mujer y tan tenues como el sonido de su pulso, y traían a la mente la familiar sensación de excitación, tensión, anticipación... y peligro.

El cielo de primera hora de la mañana presentaba una textura suave y turbia, que proyectaba un extraño resplandor rojizo en los árboles y la tupida maleza que no había ardido en al menos una década, año arriba o abajo. La atmósfera entera era clavada a la que había imaginado mientras escribía la versión definitiva de *Diosas del espacio*, y una vez más se descubrió preguntándose si se trataba sólo de una coincidencia o si de algún modo había hecho que ese magnífico telón de fondo se manifestara al escribir sobre él. No era en absoluto inusual que los guionistas se descubrieran experimentando en persona fragmentos de sus propias historias después de escribirlas. Bajo la influencia de un Jack Daniels o dos, casi todos los escritores de Hollywood a los que Paul Lutz conocía admitían el asombroso fenómeno y haberse planteado si las palabras e imágenes que escribían podían ejercer algún tipo de influencia en los acontecimientos futuros.

Fuera lo que fuese lo que se quemaba, todavía parecía muy lejano, decidió Lutz, aunque fuera un consuelo frío. Un cambio mínimo en el viento bastaba para que uno de esos fuegos de principios de otoño recorriera kilómetros en apenas unos minutos, destruyendo todo lo que encontraba a su paso. Paul Lutz no era tonto. Tal vez dependiera de la fantasía y los finales felices para ganarse la vida en el negocio del cine, pero eran el sentido común y su sensatez de criterio en lo que confiaba para sobrevivir a cualquier otra cosa.

A pesar de su ansiedad por explorar el paisaje aunque sólo fuera un poquito más, sobre todo cuando la luz era tan espectacular, Lutz tuvo que admitir que probablemente fuera demasiado arriesgado. Se dio la vuelta a regañadientes y emprendió el camino de vuelta al coche.

A lo mejor se estaba pasando un poco de cauteloso, pero bueno, siempre había sido así. Una de las ventajas de crecer en una familia de militares era el constante hincapié en el control de los impulsos y la autodisciplina. Bajo el omnipresente escrutinio de su padre y la mirada pía y vigilante de su madre, había aprendido temprano a respetar la autoridad y mantener a raya sus emociones, tarea nada fácil para un niño sensible con talentos creativos. Como resultado, Paul fue un estudiante decente y un deportista de bastante mérito. Otra cosa, por supuesto, no hubiese sido tolerada. La única pega, como llegaría a descubrir muchos años después, era que unas expectativas tan rígidas le habían costado pedazos más bien grandes de su infancia, por no hablar de cualquier atisbo de espontaneidad.

Como hijo único de unos padres convencionales

de clase media, lo habían tratado de manera manifiestamente distinta a sus dos hermanas mayores, algo que no lo hizo entrañable a ojos de las chicas, por decirlo de alguna manera. Estaba excusado de la mayoría de las tareas del hogar, como fregar los platos, cocinar y limpiar, cometidos que su padre consideraba «de chicas» y muy por debajo de las ocupaciones propias de un hombre. A Paul, en cambio, le habían asignado el trabajo más apropiado para su sexo de sacar la basura y llevarle las bolsas de la compra a su madre, un reparto que según las quejas de sus hermanas era flagrantemente injusto. Lo que ellas no sabían, sin embargo, era que existía una responsabilidad más de la que no se hablaba a menudo, pero que abrumaba a su hermano menor y sembró las primeras semillas de la inseguridad y los sentimientos de inadecuación que lo atormentarían durante gran parte de su vida.

Cada vez que su padre piloto partía con otra misión para la Marina, se llevaba a Paul a un aparte y le recordaba con severidad a su hijo pequeño que desde entonces pasaba a ser «el hombre de la casa». En ausencia de su padre, era responsabilidad de Paul cuidar de «las chicas», lo que significaba que el bienestar de su madre y sus hermanas recaía directamente sobre sus minúsculos hombros. La primera vez que su padre le había concedido tal honor, tenía sólo seis años y quizá se había tomado su deber con mayor seriedad de la necesaria. Se sintió ridículo, incapaz sin paliativos y del todo abrumado por la transferencia de tan inmerecido poder, y aun así tenía claro que no debía evidenciar ningún tipo de vacilación perceptible ante su padre.

—Sí, señor —le había respondido con toda la confianza que le es posible fingir a un niño de seis años.

En ese momento su padre siempre se sonreía con solemnidad, apretaba el hombro huesudo de su hijo y entonces fijaba la vista en la distancia como si estuviera seguro de dejar la familia en buenas manos.

—Haz que me sienta orgulloso, hijo —murmuraba por encima del hombro.

Entonces partía con perfecta zancada militar hacia la casa, donde las chicas a buen seguro estarían preparando una cena «de despedida» para su papá.

Paul se había entrenado para quedarse quieto y esperar a oír el portazo de la mosquitera a espaldas de su padre antes de atreverse a reaccionar de manera genuina. En cuanto los chillidos de sus hermanas flotaban en el aire como si ducharan a su padre de atenciones, Paul Lutz sabía que pronto sería seguro llorar. Tomaba una gran bocanada de aire, contenía la respiración como medio temporal de contener las lágrimas y corría hacia el tupido macizo de madreselvas de detrás del garaje. Se adentraba entre las ramas fragantes y protectoras antes de atreverse a liberar una ráfaga gigantesca de sonido que no se parecía a nada que le fuera posible describir. Allí, entre las delicadas flores amarillas, el Paul Lutz de seis años daba voz al terror y la impotencia de la infancia y se imaginaba que las ramas lo estaban abrazando.

Esa misma sensación de vulnerabilidad lo golpeó a traición plantado allí en el bosque reseco donde unas minúsculas partículas oscuras empezaban a llover sobre su cabeza. A cierto nivel instintivo, ya sabía lo que sucedía, pero no quería creerlo. Sacó su pañuelo blanco de lino del bolsillo de atrás, se secó los ojos y entonces observó con incredulidad: la luz suave y benigna que tan perfecta le había parecido para el rodaje apenas instantes atrás se había apagado de repente. A su alrededor flotaban cual plumas unas cenizas finas como el papel, que recubrían el suelo y formaban una capa sobre los arbustos disecados que a buen seguro prenderían como un artefacto explosivo con la mecha corta.

La voz de su ya difunto padre resonó con claridad en su cabeza, riñéndolo por que algo así lo pillara desprevenido y sin preparación. Las viejas sensaciones infantiles de miedo y vergüenza intentaron aflorar de nuevo a la superficie, pero Paul no tenía ni tiempo ni paciencia para dejarse llevar por ellas. Lo que necesitaba en ese momento era una cabeza fría y la suficiente autodisciplina para mantener a raya el pánico mientras buscaba una salida.

La ceniza era ya tan densa que resultaba imposible ver más allá de unos palmos de distancia. Sentía genuino asombro por la rapidez con la que había empeorado la situación. ¿Cómo no lo había visto venir? Sacó una botella de agua mineral Arrowhead de la riñonera, echó un trago largo y después usó lo que quedaba para empapar el pañuelo que ya había adoptado una apagada tonalidad grisácea. Se pegó el paño mojado por encima de la nariz y la boca, respiró la humedad y echó otro vistazo hacia donde antes estaba el cielo. Se le cayó el alma a los pies.

Millares de teas resplandecientes y naranjas revoloteaban alegremente, mecidas por las altas corrientes de aire como si se burlaran de la futilidad de sus esfuerzos. Paul Lutz había pasado el suficiente tiempo en aquella tierra de incendios para comprender la gravedad de semejante visión. Las teas son ascuas encendidas, por lo general los últimos vestigios que han dejado las llamas de la vegetación, la madera o los pedazos de tejas de las casas circundantes. El viento las recoge y las lanza un kilómetro más o menos por delante del frente del fuego, con lo que prende incendios menores a su paso, como un entremés para el plato fuerte de la velada. El que aquellas minúsculas chispas resplandecientes flotaran en el viento sólo podía significar una cosa: un infierno salvaje y furioso avanzaba veloz hacia él en ese mismo momento.

En función del tipo de combustible que se interpusiera entre Lutz y las llamas más cercanas, la catástrofe golpearía sin duda en cuestión de unos minutos. Los incendios de hierba y salvia tendían a viajar a una velocidad aproximada de tres kilómetros por hora. El chaparral alto, en cambio, ardía más rápido y se sabía de incendios que habían consumido cinco acres en no más de seis minutos.

Para empeorar las cosas, en las inmediaciones había enebros, árboles de hoja perenne y unos cuantos eucaliptos. Paul era muy consciente de que esas y otras coníferas contenían ciertos aceites y resinas que las hacían arder con increíble intensidad. Sin espacio defendible ni modo aparente de evacuación, sospechaba que estaba acabado.

El fuego ya estaba consumiendo el oxígeno disponible. Le escocían los pulmones y tenía la visión borrosa. La mascarilla improvisada estaba ya rígida y seca por el intenso calor, y sentía que empezaba a desorientarse. Habría vendido el alma por una bebida fresca en ese preciso instante, pero sabía que el botellín de agua ya estaba vacío. Se dejó caer al suelo y buscó a tientas en la mochila en miniatura que había llevado, con la esperanza de encontrar un recipiente olvidado de su último viaje. Aun el agua rancia con sabor a plástico sería una visión feliz, pensó, pero no tuvo tanta suerte.

En ese momento, una estruendosa reverberación lo arrancó de su abatimiento. Era el ruido ensordecedor de un reactor de avión. ¡Estaba seguro! ¿Había dado parte Annie de su desaparición? ¿Lo buscaba alguien desde las alturas en ese preciso instante? Sin embargo, el repentino arrebato de esperanza tuvo una corta vida. Aun en su estado de confusión y desesperanza, no tardó en darse cuenta de que el rugido era el sonido de un fuego cercano, tan descomunal y monstruoso que había creado sus propios vientos y climas violentos.

«Entonces, así es morir», pensó. De haber tenido aire suficiente en los pulmones, quizás incluso hubiera reído. No tenía nada que ver con los rápidos y nobles finales de Hollywood que tan a menudo había creado para los protagonistas de sus guiones. Qué va. No tenía nada que ver. No había apariciones silenciosas y espectrales de parientes perdidos tiempo atrás llegados para llevarlo a casa, ni *flash-backs* de tiempos más felices ni premoniciones de gozosas reuniones. No aparecieron luces blancas que lo guiaran amablemente al nirvana. Sólo había una oscuridad que lo cubría todo. Y lucha. Mucha lucha.

¿Cómo, se preguntó, algo tan sencillo como respirar se volvía de repente tan difícil y complicado? No era así como había esperado que acabase su vida. Morir era doloroso, terrorífico y un esfuerzo increíble. Extrañamente decepcionado, empezó a aceptar que no habría oleada de serenidad ni sensación de abandonar su cuerpo flotando en paz y sin dolor. En cambio se encontraba envuelto en una enconada e involuntaria batalla por permanecer en su cuerpo ¡y respirar, maldita sea! Pero no había más que humo y ceniza gris que llevarse a los pulmones. Ahora el fuego ocupaba el primer escalón de la cadena alimenticia y Lutz estaba a punto de convertirse en comida.

La oscuridad lo prendió entre sus garras en ese momento y le hizo el favor de embotar su pánico, su dolor y su sed. Por suerte, el insoportable calor y el ruido ensordecedor poco a poco empezaron a apagarse, y se sintió transportado a un lugar de otro mundo. A lo mejor era el *shock*. Tal vez fuese locura. No importaba. Era evidente que ya no tenía control sobre nada. Aquello, seguro, era el final.

Si tenía que morir, decidió, al menos conservaría el dominio de su propia mente todo el tiempo que fuera posible. Sostuvo deliberadamente un pensamiento de Annie mientras yacía en el suelo del bosque. Unas imágenes apacibles y suaves de ella y sus hijos se proyectaron de repente sobre la pantalla rosa y opaca de sus párpados internos. Annie riéndose. Annie tarareando mientras removía la pasta. Jack vestido con su disfraz de Spiderman. Jen saliendo del útero y después bebiendo del río infinito y tibio de la leche de su madre. Allí estaba otra vez: el idioma secreto que no conocía palabras; los pensamientos y emociones cálidos que manaban con tanta claridad de los ojos, sonrisas y brazos tendidos de aquellos a quien amaba. Embelesado, observó esa última película de Annie y los niños dibujados en el foco tenue de alguna lente etérea. Amor. Ahora lo rodeaba por todas partes. Hacía que todo estuviera bien. Eliminaba el miedo y las llamas. Embotaba los agudos filos de las piedras y los tallos erizados que se le clavaban a través de la camiseta en la piel de la espalda y los hombros.

Amor. Le ayudaba incluso a respirar otra vez. Envió una dulce y prístina brisa a sus pulmones doloridos que le concedió un último suspiro de alivio. Si eso era morir, no estaba para nada mal. En cuanto uno dejaba de resistirse, el proceso se volvía fácil, agradable incluso. Aquellas imágenes de Hollywood no iban tan desencaminadas al fin y al cabo. Su último pensamiento consciente fue para Annie. Esperó que no se preocupara demasiado por si había sufrido. En ese momento su satisfacción era suprema.

Si al menos tuviera un modo de hacérselo saber.

5

LAS LEYES DE LA TIERRA

El Departamento Forestal de California poseía una excelente reputación como protector del medio ambiente y un largo historial de éxitos sobre la furia abrasadora de la Madre Naturaleza. El hecho de que el DFC ya estuviera al corriente del incendio era un consuelo para Joan Eagan, sobre todo cuando la actitud displicente de Zelinski al teléfono no había hecho nada por reforzar su confianza. En Nueva York, los policías veteranos llamaban a ese tipo de chulería «el valor de la lápida», ese que te mata. Aunque Joan, por supuesto, nunca se lo comentaría.

Al vivir en un polvorín como aquél, todas las precauciones eran pocas. Dos de los principales incentivos de la casa que había comprado eran la pequeña piscina capaz de aportar agua extra en caso de incendio y el techo ignífugo que habían instalado el año anterior. Pero Joan no se había conformado con eso. Estaba decidida a tomar cualquier precaución posible para evitar un desastre. Tras su salvación por los pelos del 11 de Septiembre, se había vuelto hiperatenta y casi obsesiva en lo concerniente a la seguridad contra el fuego. A resultas de ello, había instalado válvulas antiincendios y ventanas de doble acristalamiento para reducir la transmisión de calor. También había desbrozado con penas y trabajos el terreno circundante, y regaba y podaba con regularidad el resto de la vegetación, a la que había incluso añadido varias escarchadas, por su elevado contenido de agua. Los dos robles del patio no la preocupaban mucho, pues le habían contado que tienen la corteza gruesa y resistente al fuego. Aun así, no había vacilado en contratar a una compañía local para que mantuviera las ramas superiores al menos a tres metros del tiro de la chimenea, como recomendaba el Departamento de Bomberos de la zona. Puede que hubieran pillado a Joan Eagan desprevenida una vez, pero no iba a repetirse. No si estaba en su mano evitarlo.

Se quedó un rato más en el granero con los caballos para calmarlos, pero de súbito arrancaron de nuevo a bufar y piafar. Algo frío empezaba a reconcomerle el estómago, y los minúsculos pelillos rubios de sus brazos estaban en posición de firmes. Las sensaciones viscerales, se dijo, merecían atención. Le habían resultado muy útiles en su vida y no estaba dispuesta a empezar a dudar de ellas en ese momento.

Con *Greta* a los talones, salió del granero con una

opresora sensación de temor. Apenas había pasado un pie por la puerta cuando frenó en seco, paralizada por un instante por lo que vio. El aire estaba tan cargado de ceniza que parecía de noche. Unas corrientes poderosas y calientes recorrían los cañones y azotaban la vegetación inmediata con tanta fuerza que le dio la impresión de haber entrado en una gigantesca secadora. El humo negro y asfixiante que se extendía por el terreno la ahogaba y formaba ominosas imágenes de dragones escupefuegos. A través de las ocasionales aberturas en la neblina casi opaca, apareció ante sus ojos un enorme muro de fuego, que teñía el paisaje de escarlata como si el amanecer de octubre hubiera explotado de repente y caído en pedazos sobre el suelo.

Tiró del cuello de su camiseta para taparse con la tela la nariz y la boca, y buscó el camino de entrada a la carrera. Metió a *Greta* en el todoterreno y luego se afanó por enganchar el remolque de los caballos, asfixiada en todo momento por el hollín y las cenizas que le corroían los pulmones. Metió la marcha atrás con movimientos frenéticos y cargó hacia la puerta del granero. Entre protestas de los neumáticos, situó el morro en dirección a la carretera para una huida más eficiente y luego bajó de un salto sin apagar el motor.

Con la ayuda del excelente talento para el pastoreo de *Greta*, Joan se las apañó para cargar a los reacios caballos en el remolque y luego encerrarlos. Después ordenó a la perra que se subiera al coche y cerró la puerta con rapidez. Con sus animales a buen recaudo por el momento, se entretuvo unos instantes preciosos de más para darle a su propiedad una oportunidad de luchar contra el infierno en llamas que se abatía sobre ella con la velocidad de un rayo. Obligándose a mantener la calma, se cargó a hombros una manguera del jardín con la intención de mojar el tejado. No le apetecía perder una cosa más en su vida sin al menos plantar cara. Ya había perdido demasiado.

Al abrir a tope la llave de paso, la manguera emitió sólo un chorrillo exangüe de agua, y se le cayó el alma a los pies. Sin perder un segundo, no obstante, sacó una vieja escalerilla de madera de su cercano rincón, la apoyó contra la casa y luego subió al tejado con la impotente manguera enroscada en torno al hombro. El reguerillo de agua arrancó unos terroríficos siseos al entrar en contacto con las tejas calientes, y supo que sus esfuerzos carecían de cualquier valor práctico. Era como apagar una hoguera con una jeringa.

Soltó la manguera y bajó a toda prisa del tejado, decidida a luchar en todos los frentes posibles. No tenía ni idea de si era siquiera posible mantener a raya un incendio como ése; lo único que sabía era que se sentía mejor haciendo algo, activa, que tirando la toalla. Era policía, al fin y al cabo, y de las buenas, qué caray, y la palabra «indefensa» no constaba en su vocabulario. Se dedicó a reunir todos los cubos para pienso disponibles, los llenó de agua de la piscina y luego los colocó como un foso improvisado en torno al perímetro de la casa.

Al terminar, recorrió a la carrera cada una de las minúsculas habitaciones, cerrando persianas y arrancando con violencia las cortinas. Las telas transparentes del verano se henchían pacíficamente con la brisa, en apariencia inocentes y translúcidas como un velo de novia, pero en verdad eran notablemente combustibles. No era momento de ponerse sentimental, se dijo. Las cortinas tenían que desaparecer. Y ella también. Así eran los desastres. Obligaban a separarse de todas las posesiones materiales para aferrarse tan sólo a la conservación de la vida.

Abandonó la casa a toda velocidad, se subió al todoterreno junto a una *Greta* de aspecto atribulado y salió al camino a velocidad suicida. Aquella parte del cañón sólo contaba con una carretera de salida —serpenteante y sin asfaltar, por desgracia—, pero era su única esperanza. Se dirigió a toda velocidad al rústico camino como si fuera una autopista mientras *Greta* clavaba las uñas en el forro del asiento delantero para sujetarse. Durante varios largos minutos el vehículo fue dando tumbos violentos al pillar los baches enormes y los pliegues inmisericordes del sendero de tierra. Por el retrovisor, Joan captaba imágenes ocasionales del remolque, que se balanceaba y botaba a su cola y casi se volcaba cuando cogía las curvas demasiado rápido. Aun así, aceleró.

Cuanto más se alejaba de la casa, más se daba cuenta de que aquello no era un incendio forestal cualquiera... si es que existía tal cosa. Ese monstruo estaba formado por varias categorías diferentes de incendio que ardían todas a la vez, cada una según un patrón distinto de leyes.

Un fuego superficial avanzaba poco a poco por el suelo del bosque, alimentado estrictamente por los combustibles a ras de tierra y pasando por alto árboles y arbustos. Más arriba, el fuego de copas saltaba y encendía las frondas como velas gigantes de una tarta de cumpleaños. Lo más alarmante de todo, sin embargo, era el resplandor lejano e inquietante de un frente de llamas, que evidenciaba la quema de combustibles más pesados incluso en lontananza.

A pesar de la visibilidad casi inexistente, Joan se obligó a concentrarse en la sinuosa carretera y trató de no hacer caso de las lenguas de fuego que buscaban su coche y su remolque, hostigando y aterrorizando a sus animales y a ella. Los flecos afilados y llameantes del incendio le hacían señas, como si le dieran la bienvenida al infierno, pero Joan no pensaba reconocer la derrota. Ahora no. Todavía no. Otra vez no. Se estaba acercando a la interestatal; tenía que estar acercándose.

Con feroz determinación, sorteó prácticamente por su mera voluntad un enorme pedrusco que de repente se hizo visible a través del humo cambiante.

«Mantén la calma y controla la situación», salmodió con firmeza, como si adiestrara a un nuevo recluta. Con los ojos pegados al retrovisor lateral, avanzó lentamente a pesar de no tener ni idea de lo que habría al otro lado de la roca. Con los cinco sentidos puestos en mantener el remolque derecho, trazó una amplia curva y maniobró con destreza los dos vehículos esquivando por los pelos el borde exterior de las llamas. Animada por ese pequeño éxito, siguió adelante a ciegas por entre el humo denso, acelerando tanto como se atrevía. Un eucalipto en llamas cayó de repente en su camino a tan sólo un par de metros, y pisó a fondo el freno entre histéricas protestas de los caballos aterrorizados. El todoterreno derrapó de forma incontrolable y adrenalínica, arañando la corteza de los troncos en llamas, rebotó contra un poste de teléfonos y por último se detuvo a apenas unos centímetros de la barricada ardiente.

Con el corazón en un puño, Joan sacó de manera instintiva su teléfono móvil y marcó al tuntún, desesperada por comunicarse con alguien, con cualquiera. Se encontró con la inercia muda de la línea cortada y, por primera vez desde el 11 de Septiembre, rompió a llorar. Contempló a través de las lágrimas los cables eléctricos que chisporroteaban como brochetas en la barbacoa, y supo que se había quedado sin opciones.

Con gesto de desafío, dio media vuelta y deshizo el camino hacia su casa, sin dejar de preguntarse si la encontraría siquiera de pie.

Lo estaba.

Su única esperanza era ahora coger a la perra y llegar a la parte más interior de la casa en busca del cobijo que pudiera ofrecer. Antes, sin embargo, la esperaba una tarea más dolorosa. Iba a tener que soltar a los caballos. Era su única oportunidad de sobrevivir, por horripilante y remota que fuera.

Dejó a *Greta* encerrada en el coche y corrió hacia la portezuela del remolque entre sus gruñidos de protesta. Manoseó el cierre con dedos rígidos y torpes hasta que por fin se las ingenió para abrir. Con calma forzada, los hizo retroceder por la rampa de uno en uno, y luego les dio una palmada en las ancas deshecha en lágrimas.

—¡Corred! —les gritó mientras se alejaban juntos al galope—. ¡Corred! ¡No os pasará nada! —chilló.

Las palabras le sonaban, y entonces recordó la última vez que las había gritado. Debían de haberles sonado igual de huecas a Daniel y los demás que las habían oído flotar en la terrorífica oscuridad del World Trade Center aquel día aciago, pensó con amargura.

Contempló hipnotizada cómo los caballos desaparecían en una nube ominosa y desbordante de humo negro. Sin darse ni cuenta, se vio invadida por una oleada de remordimientos tan inmensa como los más de cinco mil kilómetros que la separaban de Nueva York, de los restos todavía no hallados de Daniel, de la vida que en un tiempo conoció; una vida que en un tiempo pareció sana, predecible y, sí, segura.

Entonces rompió a reír entre las lágrimas mientras el mundo ardía y se desintegraba ante sus ojos.

—Qué tonta era —reconoció para nadie en particular.

Ya no tenía control sobre nada; nunca lo había tenido. Algo o alguien mucho mayor que ella estaba ahora al mando. Joan Eagan se encontraba más sola que nunca en su vida.

Recordó que alguien le contó una vez que si quieres hacer reír a Dios, basta que le cuentes tus planes. Ella y Daniel habían hecho planes de ese tipo; un montón. Como agente de créditos de un banco muy prestigioso, Daniel se había mostrado absolutamente categórico acerca de la importancia de invertir y forjarse un futuro, en vez de vivir al día como dos adolescentes ilusos.

Así pues, Joan Eagan y el que pronto iba a ser su marido habían hecho planes, habían invertido y habían trazado la estrategia de una vida en común, confiados en poder ejercer al menos cierto control sobre el futuro y algún día recoger los beneficios. ¿Y de qué les había servido? Lo más probable es que Dios se estuviera desternillando con ellos, se imaginó.

Furiosa, apartó la mirada del follaje en llamas y la alzó hacia donde antes estuviera el cielo.

—¡Muchas gracias, Dios! —gritó entre el paisaje ardiente—. Muy gracioso. ¿Estás contento?

Y entonces, como a modo de respuesta, algo se movió entre la salvia a apenas unos pasos.

6

PERDIDO

El calor opresivo y la sed insaciable habían desaparecido, por fortuna, aunque el incendio seguía desatado en torno a Paul Lutz. Aun antes de abrir los ojos, oyó el crepitar de los árboles encendidos a medida que las ramas altas sucumbían al fuego de copas y caían a peso al suelo para que la llama baja del fuego superficial las salteara.

Consiguió abrir los ojos y quedó atónito por lo que vio. El mundo se había vuelto escarlata y amarillo, y gruesas pinceladas de humo negro pintaban motivos peculiares donde debería estar el cielo. El aire podía verse, literalmente, caliente, oscuro y espesado por la ceniza, y aun así respirar resultaba por sorpresa fácil, casi agradable. Y más extraño aún: el paisaje ardiente poseía ahora una especie de belleza hipnótica que Lutz había sido incapaz de apreciar con anterioridad. ¿Qué le estaba pasando? Lo más probable era que la falta de oxígeno en el cerebro estuviera ocasionando algún tipo de euforia, se dijo. ¿No era así como explicaban siempre los expertos médicos todos esos testimonios de experiencias beatíficas momentos antes de la muerte? Con todo, observó en asombrado silencio los millares de teas que caían en cascada hacia el suelo como joyas resplandecientes sobre el escote de crep y quemado por el sol del terreno. Estaba tumbado de espaldas y objetos calientes y puntiagudos se le clavaban en la carne ampollada, pero extrañamente no se sentía en absoluto incómodo. No le importaría quedarse así para siempre, pensó, y sus párpados cayeron hasta cerrarse y bloquear la magnificencia del ígneo telón de fondo.

Cobró una vaga conciencia de que le estaban alzando la cabeza, mientras el resto de su cuerpo seguía inerte en el suelo. Empezó a derramársele agua por la cara y el pecho, y tuvo la extraña sensación de que era en realidad su piel quien la bebía, en lugar de la boca.

—Tranquilo, hijo —le murmuró al oído una voz benevolente—. Sé que ahora todo parece muy confuso, pero te acostumbrarás.

«¿Me acostumbraré a qué?», se preguntó Lutz. Con un gran esfuerzo, obligó a sus ojos a volver a abrirse y entre bizqueos distinguió el espectacular perfil de un gran pájaro de enorme envergadura. Un fénix, pensó, estupefacto. Le hizo falta otro rato para descubrir que la imagen estaba trazada sobre una especie de gran colgante que pendía de una cadena de oro casi imperceptible que alguien llevaba al cuello. Poco a poco, alzó la vista y entró en su campo visual un rostro de hombre, tenuemente iluminado por el resplandor naranja del fuego. Todavía confuso, sólo fue capaz de captar sus rasgos en fragmentos pequeños e independientes. Piel aceitunada. Frente tersa y sin arrugas. Nariz ancha. Una sonrisa deslumbrante entoldada por un bigote grueso y oscuro. Una especie de pañuelo rojo atado alrededor de la cabeza del que asomaban mechones de pelo negro y apelmazado. Ojos color batido de chocolate inclinados hacia abajo por las comisuras, como si se estuvieran derritiendo.

Trató de hablar pero de repente tenía una cantimplora de agua fresca apoyada en los labios y sentía más necesidad de beber que de conversación. Dio primero un sorbo de prueba, y luego bebió con urgencia irrefrenable.

—Muy bien —lo animó amablemente el hombre, con apenas un levísimo deje español—. No tardará en llegar el momento en que ya no necesites el agua para nada.

Lutz no tenía ni idea de lo que aquello quería decir, mas el líquido estaba demasiado bueno para detenerse a hacer preguntas. Pero un momento. Ni siquiera tenía sed. Estaba claro que el contenido de la cantimplora le estaba proporcionando algún tipo diferente de satisfacción. Con cada sorbo sentía más paz y menos miedo del fuego.

—¿Dónde estoy? —se las apañó para preguntar al

fin entre tosidos, mientras se secaba la boca con el dorso de la mano.

El hombre se encogió de hombros.

—¿Acaso importa de verdad?

Lutz se incorporó y echó un vistazo al rugiente muro de llamas que parecía abalanzarse sobre ellos desde todas direcciones.

—Supongo que no —suspiró, y luego se preguntó por qué se sentía tan tranquilo y por qué el mundo seguía pareciendo tan increíblemente hermoso. Llevara lo que llevase lo que estaba bebiendo, quería más.

Estiró el brazo hacia la cantimplora y engulló algo más de líquido fresco, avergonzado por su absoluta falta de control.

—Ahora que me he bebido toda tu, esto, agua —reconoció contrito—, me parece que lo mínimo sería presentarme. —Tendió una mano mugrienta hacia el desconocido—. Me llamo Paul Lutz.

—Lo sé.

En un principio, Lutz pensó que había oído mal.

—¿Perdón? —dijo.

Un pesado silencio pendió en el aire antes de que el hombre por fin respondiera, cosa que hizo con voz queda, casi tierna.

—He dicho: «Lo sé.» —Sus ojos marrones y gachos se dulcificaron de forma manifiesta, pero no hizo intento alguno por extender la explicación.

De forma automática, Lutz llevó la mano al bulto de su bolsillo de atrás.

—Has mirado en mi cartera —concluyó—. Mi carné de conducir. Por eso sabes cómo me llamo.

El hombre ni confirmó ni desmintió su hipótesis.

—Bueno, en cualquier caso, gracias por salvarme —añadió Lutz, algo avergonzado.

—No te he salvado —fue la queda respuesta.

—En fin, alguien tiene que haberme sacado a rastras del peligro —insistió—. Recuerdo perfectamente que el fuego se me ha venido encima y que el humo me asfixiaba. No podía respirar. Me sentía perder la conciencia. Me... Me daba por muerto.

—A lo mejor lo estás —fue todo lo que dijo el hombre.

A Lutz lo dejó sin habla la réplica, y aún más el hecho de que el fuego pareciera detenerse en seco de repente, sin avanzar más hacia ellos. ¿Qué pasaba allí?

—¿Me... me estás diciendo que estoy muerto? —preguntó con un suspiro perplejo y ronco.

—¿Tan terrible sería?

—¿Qué? ¡Sí! ¡Sí, claro que lo sería! Tengo mujer y... y... dos niños pequeños. No puedo estar muerto. ¡No tengo tiempo para estar muerto!

—Ya veo. —Entonces el hombre vaciló, como si le diera la oportunidad de hacerse a la idea de su muerte—. Si con eso te sientes mejor —ofreció alegremente al cabo de unos instantes—, apenas has sufrido nada. Una vez que has dejado de luchar contra el orden natural de las cosas, el proceso ha marchado como una seda. En verdad parecías la mar de cómodo, a lo mejor incluso dichoso, a lo largo de todo...

—¿Cómo es posible que esté muerto si estoy aquí hablando contigo ahora mismo? —interrumpió Paul.

El desconocido sonrió pacientemente.

—A lo mejor es que necesitas un poco más de tiempo para aceptarlo —dijo con tono tranquilizador—. Es del todo normal, hijo.

—¿Por qué no dejas de llamarme «hijo»? —replicó Paul con tono cortante.

Lutz contempló con curiosidad la cara plácida y luminosa que tenía delante. A primera vista, aquel hombre presentaba un aura inconfundible de juventud, pero tenía las muescas de un millar de vidas grabadas en el rostro y reflejadas en los ojos inclinados color batido de chocolate.

—Me llamas «hijo» —murmuró Lutz con voz áspera—, y tú no debes de pasar de los veinte años. Veinticinco, como mucho.

—En años, tal vez —fue la vehemente respuesta.

—¿Quién eres? —preguntó Lutz en voz baja.

Regresó la sonrisa radiante y los ojos compungidos centellearon con repentina diversión.

—No tengo documentos mundanos que mostrar, si te refieres a eso —comenzó—, pero si echas un vistazo a tu espalda tal vez descubras otro tipo de credenciales.

Poco convencido, Lutz se volvió hacia el fuego. El infierno desatado parecía contenido por el momento, a la vez que emitía una especie de atracción magnética que le impedía apartar la mirada. Al calor abrasador de las llamas, todo resto del pánico, la tristeza y la soledad pujantes empezaron a evaporarse. Sumido casi en un trance, atravesó con la mirada la transparencia de las llamas hasta distinguir el resplandor de varios troncos al rojo blanco luminosos contra el humo negro y opaco, como festivos adornos navideños que iluminaran la noche. Más arriba, unas chispas centelleantes caían de los zarcillos encendidos de las ramas ardientes y Lutz se quedó maravillado por la exquisita belleza que lo rodeaba. Le recordaba una tormenta de hielo que presenció una vez en Sierra Madre, cuando el sol relucía a través de las ramas recubiertas de hielo al día siguiente y liberaba gotas titilantes y delicadas que se desprendían de la superficie y flotaban suavemente hacia el suelo. Le pareció extraño estar allí comparando el fuego con el hielo, y más extraño aún que de repente fuera capaz de apreciar la evidente similitud entre los dos.

Cuando por fin pudo arrancar la mirada de las llamas, se volvió y examinó el rostro de aquel misterioso desconocido que a buen seguro tenía que haberlo rescatado de una muerte cierta. Los expectantes ojos castaños reflejaban un calor y una profundidad increíbles, algo en lo que Lutz no había reparado en un principio.

—Quién eres —repitió, y por algún motivo en esa ocasión no sonó como una pregunta. Algo hondo y antiguo despertó en sus vísceras, y tuvo la certeza de saber exactamente de quién se trataba.

—Hay quien me ve como un fénix que surge de las cenizas de la desesperación —explicó el hombre con un susurro sorprendentemente audible por encima del rugido del fuego.

Lutz contempló en silencio los ojos fascinantes, apenas consciente de que le estaban pasando algo en torno al cuello cubierto de hollín. Como un medallista olímpico ganador del oro, inclinó la cabeza para aceptar el gran colgante del fénix que le posaban sobre los hombros con reverencia. Al instante se sintió invadido por la extrañísima sensación de que el noventa por ciento de la capacidad cerebral que según los expertos médicos nunca usamos, estaba de repente a su disposición. Por un fugaz momento, los conceptos en un tiempo insondables de la vida, Dios y el infinito empezaron a tener pleno sentido para un mero ser humano llamado Paul Lutz.

Fue el chasquido de una ramita lo que lo sacó de su estado de embeleso. A regañadientes, obligó a su atención a apartarse de la magnificencia del fuego justo a tiempo para darse cuenta de que aquel hombre amable —aquel ser o aparición— se alejaba en silencio de él.

—¡Espera! ¿Adónde vas? —le preguntó.

—Sígueme, hijo —fue la única respuesta.

—¿Seguro que no nos pasará nada? —espetó Lutz a la defensiva.

El hombre se limitó a sonreír sin darse la vuelta y siguió avanzando con toda confianza a través de las amenazadoras llamas. Como por arte de magia, las lenguas de fuego retrocedieron ante su presencia hasta despejar un camino en apariencia seguro. Lutz corrió para alcanzarlo y luego siguió los pasos del desconocido hasta que llegaron a la cima de una loma cercana. Sin palabras, ambos hombres bajaron la vista al cañón pasto del fuego, y fue entonces cuando Lutz distinguió algo azul y acuoso. Parecía una fotografía en color sobreimpuesta a las nítidas sombras negras y grises de todo lo que los rodeaba.

—Creo que tengo alucinaciones —declaró sin rodeos.

Aquello no pareció alarmar o ni siquiera sorprender a su acompañante.

—Sigues en lo que conocemos como estado de transición —explicó con tranquilidad—. En esta fase en concreto de la muerte nada acaba de parecer real.

—¿«Fase»? —repitió Lutz—. ¿Estoy en una «fase» de la muerte?

—Eso es —respondió el hombre como si tal cosa—. La travesía no es cuestión de un momento. Se trata más bien de un proceso, en ocasiones largo, y en realidad empieza mucho antes de que se exhale el último aliento.

—¿Se supone que tengo que entender eso? —preguntó Lutz, pero el otro se limitó a reír y volvió a fijar la vista en el cañón.

Forzando la vista a través del aire cargado de ascuas, Lutz se afanó por hallarle un sentido a la imagen azul de debajo.

—Un segundo —dijo con tono meditabundo—, no estoy alucinando. ¡Aquello es una piscina! Y... ¡creo que al lado veo una casa! —Esperó una confirmación de su acompañante—. ¿Significa eso que estoy vivo todavía? —preguntó esperanzado—. Es decir, que yo sepa no hay casas con piscina en el más allá, ¿o no, amigo?

El hombre esbozó una rápida sonrisa.

—«Amigo» —repitió con voz queda—. Me gusta.

Lutz volvió a mirar hacia la minúscula casa y, para gran alivio suyo, la imagen no había desaparecido ni resultado ser una ilusión. En realidad, se diría que había alguien allí. Una mujer. Y su perro. Parecía estar peleándose con la portezuela de un remolque para caballos, en un probable intento de evacuar a sus animales, se imaginó Paul. Sin embargo, en ese momento abrió el vehículo, sacó a los caballos y les dio una palmada en las ancas para animarlos a huir.

—¿Qué hace? —se preguntó Lutz en voz alta.

—Rendirse a lo que es —fue la nostálgica réplica—. Algún día tendrías que probarlo.

Como si aquello fuera una señal, los vientos de Santa Ana arreciaron de nuevo y cambiaron de dirección, extendiendo unas llamaradas apocalípticas hacia la mujer y su casita. Consternado, Lutz contempló desde la loma cómo unas columnas enormes y helicoidales de aire caliente y gases —conocidas a menudo como torbellinos de fuego— surgían de la nada y se abalanzaban sobre el cañón hasta ocultar por completo cualquier atisbo de la mujer, sus animales y su casa.

—¡Oh, no! —gritó horrorizado, con la vista clavada en el cañón en llamas—. ¿Y ahora qué? —imploró a nadie en particular, y la estrambótica respuesta que recibió le pilló del todo desprevenido.

—Ve a ella —dijo una voz con total sencillez.

Y entonces, de manera tan misteriosa a como había aparecido, el hombre de la sonrisa deslumbrante se desvaneció entre las lenguas de fuego y los restos esqueléticos del bosque encendido.

7

CHISPAS

Paul Lutz llegó a ella en la mañana del 26 de octubre, y Joan Eagan alzó su revólver particular para dispararle.

Los vientos implacables habían vuelto a cambiar de dirección y le habían concedido una tregua pasajera de los mortales torbellinos de fuego, pero no sin antes prender fuego al granero. Unas ráfagas poderosas y abrasadoras de viento obligaron a los remolinos ardientes a retroceder hacia el bosque, donde escupieron su resentimiento en forma de chispas y humo negro a la espera de otra oportunidad de golpear.

Casi de inmediato, algo empezó a debatirse entre la hierba cercana al granero incendiado, y Joan se tensó ante la posibilidad de que una fiera presa del pánico o herida de muerte se abalanzara sobre ella. En circunstancias menos acuciantes, tal vez hubiera apreciado lo irónico de su reacción defensiva. ¿Qué más daba si había algún depredador salvaje oculto en la maleza? ¿Por qué iba a temer más a lo desconocido que al monstruo de fuego que ya se relamía pensando en devorarla?

Por un instante se planteó disparar a ciegas hacia la salvia. Entonces vaciló, temerosa de que el movimiento correspondiera a sus caballos que regresaban a la familiaridad y seguridad de su establo, aunque estuviera en llamas. Se sabía que los caballos hacían cosas parecidas cuando les entraba el pánico. Bien pensado, las personas aterrorizadas a veces se comportaban de modo muy similar, reflexionó Joan.

Se preparó, sin embargo, para la eventualidad mucho más probable de un puma en apuros que pretendiera cobijarse de la embestida de la tormenta de fuego. Corría el rumor de que los pumas abundaban en la zona mucho más de lo que la mayoría pensaba. Los machos adultos requerían territorios de entre doscientos cincuenta y quinientos kilómetros cuadrados y, dada la rapidez con la que los promotores inmobiliarios invadían su hábitat, era sólo cuestión de tiempo el que las dos especies chocaran.

Aunque le repugnaba la idea, decidió que pegar un tiro a un puma sería mucho más misericordioso que dejar que una criatura tan magnífica muriera gota a gota, asfixiada por el humo y consumida por las amenazadoras llamas. Si se atrevía a acercarse más, no tendría otra elección que disparar.

Volvió a moverse la hierba, y Joan apuntó hacia ella el cañón de su pistola, haciendo puntería con paciencia. En circunstancias normales habría gritado una advertencia, por si no se trataba de un animal, pero no había modo de que un ser humano hubiese escapado a ese incendio. A ella apenas le había dado tiempo de alcanzar su casa al amparo del todoterreno tras su casi fatal intento de huida. Le habría resultado imposible conseguirlo a pie. No, tenía que tratarse de algún animal desesperado que avanzaba por la maleza en fútil búsqueda de refugio, comida y agua. Temerosa por su vida y por la de su querida *Greta*, permaneció callada e inmóvil como una piedra, para concederse toda la ventaja posible antes de revelar su posición.

A cámara lenta, la hierba alta se separó un resquicio y Joan sintió un cosquilleo de anticipación en el dedo del gatillo. No quería herir sin más a la pobre bestia; eso sería inconcebible. Sólo iba a disparar una vez, de modo que mejor afinar la puntería.

Esperó con el corazón en un puño. Respiró. Hizo acopio de fuerzas. Poco a poco se derramó sobre la hierba reseca una sombra acompañada por el sonido de una voz de hombre.

—No dispare —suplicó la voz—. Voy desarmado.

La sombra ominosa se transformó de repente en un hombre embadurnado en monocromáticas tonalidades de gris ceniza. El único color perceptible era el de sus ojos: dos discos turquesa enmarcados por unos párpados irritados de contornos rojos. Se plantó ante ella con los brazos sueltos a los costados, sin presentar ninguna amenaza evidente o inmediata.

—¿Quién es usted? —exigió Joan, tratando de controlar el temblor postadrenalínico de su voz.

Unos dientes blancos centellearon como un rayo de luz en la cara cubierta de hollín cuando abrió la boca para responder.

—Me llamo Paul Lutz —respondió diligente—. Lo siento si la he asustado —se disculpó al cañón de su pistola.

—Le he tomado por un puma —lo reprendió ella—. Casi le disparo.

—Gracias —dijo él—. Gracias por no dispararme.

Joan lo estudió por unos instantes y luego bajó el arma.

—Por favor, dígame que es del DFC —se oyó decir en un tono que sonaba más a plegaria que a petición de genuina identificación.

—Me temo que no.

Dada la tregua momentánea de la tormenta de fuego y el hecho de que no tenía ningún otro lugar al que huir, Joan se tomó un momento para examinarlo. Algo en él le resultaba vagamente familiar, aunque estaba segura de no haberlo visto antes. Aun así, reconocía los planos de su cara y la inclinación de su barbilla como si se tratara de alguien al que hacía mucho que conocía. Buscó en los archivos de su memoria pero no halló nada.

—Estaba de excursión en aquel promontorio —empezó a explicar Paul Lutz aun antes de que ella le preguntara.

Señaló a través de una móvil nube de humo y ascuas

en espiral, y una vez más a Joan la asaltó la sensación de que lo conocía; reconocía la fácil elegancia de sus movimientos y sin duda había oído su voz en alguna parte.

—Soy guionista —decía él—. Buscaba exteriores para una película por aquí y, sin darme ni cuenta, todo ardía. No lo he visto venir en ningún momento. No he visto nada parecido en mi vida. Ni siquiera estoy seguro de cómo he conseguido llegar hasta aquí.

—¿Iba con alguien? —preguntó Joan, con más tono de policía del que pretendía.

Paul Lutz vaciló apenas una fracción de segundo antes de contestar, cosa que le pareció extraña aunque no estuviera del todo seguro de lo que significaba.

—No —respondió por fin, sacudiendo la cabeza—. Estoy solo.

Como observadora experta que era, Joan Eagan captó algo crudo —quizás arrepentimiento o pesar— en las escasas palabras que el hombre acababa de pronunciar. También comprendió lo que había sido demasiado cortés para decir: que lo más probable era que fueran a morir allí, dos extraños completamente aislados de cualquier recurso, de sus seres queridos y del resto del mundo. No acudirían a su rescate camiones de bomberos o helicópteros, de eso Joan estaba convencida, y no le cabía duda de que el tal Paul Lutz también era consciente de ello. A buen seguro ya los habían dado por muertos a los dos, y era sólo cuestión de tiempo el que eso se convirtiera en un hecho incontrovertible. El único y pequeño consuelo era que sus familiares y seres queridos se encontraban en algún lugar distinto y mucho mas seguro, pensó, y que al menos por eso podían estar agradecidos.

Los caprichosos vientos de Santa Ana volvieron a cambiar de dirección y les azotaron la cara con mortíferas ráfagas de humo y ceniza candente, que les irritaban los ojos y les abrasaban los pulmones. Las llamas cercanas se vieron de repente agigantadas y una nueva generación de ascuas resplandecientes trazó caóticos remolinos en el cielo ennegrecido antes de llover sobre ellos.

La mirada de Paul fue a dar en el todoterreno aparcado a escasa distancia delante del granero, con la puerta del conductor todavía abierta.

—¿Tiene las llaves? —gritó por encima del rugido del viento.

—Es demasiado tarde —respondió ella a voces—. Ya he intentado escapar. No hay manera. Estamos rodeados de fuego por todas partes.

—¿Está segura? —insistió él, protegiéndose los ojos con una mano llena de ampollas.

—Del todo —le gritó ella al oído—. Sólo hay una carretera de salida y está completamente envuelta en llamas. Hace nada que lo he probado y he tenido que volver. —Una película de lágrimas le empañó los ojos y entonces explotó en su cara un *collage* de emociones—. Hasta he tenido que soltar a mis caballos —concluyó desconsolada.

Antes de que Lutz acertara a responder, un pino

cercano estalló en llamas y lanzó por los aires una cola de gallo de chispas con un estruendoso petardeo. Joan se encogió como si le hubieran disparado y al instante trató de disimularlo cambiando de postura y mirando hacia la casa. Varios árboles más detonaron de repente como por simpatía, y un roble encendido cayó al suelo provocando una andanada de humo denso y negro en busca de alguien a quien asfixiar. Las ascuas voladoras salieron disparadas hacia el cielo como un géiser de fuego y después iniciaron un agónico y lento descenso hacia el suelo. Copos al rojo blanco se posaban con ligereza sobre mangas de camiseta, botas y mechones de pelo, donde hacían una cruel pausa antes de escocer y quemar la tierna carne de debajo.

Paul cubrió con gesto resuelto la cabeza de Joan con los brazos, a pesar de la mirada amenazadora y recelosa de su pastor alemán. Juntos formaron un arco protector por encima de la perra, haciendo lo posible por escudarla de la precipitación abrasadora.

Bajo la improvisada cubierta de los brazos de Paul Lutz, Joan agradeció la sensación temporal y falsa de seguridad que le ofrecía. Al menos por un instante fue capaz de abrir los ojos sin que le entrara una ráfaga de ceniza caliente. Apoyó la cabeza en su pecho y algo destelló desde el escondite de un desgarrón en su camiseta cubierta de hollín. Joan nunca estaría del todo segura de por qué reparó en un detalle tan nimio cuando su vida estaba en peligro en plena catástrofe. A lo mejor es lo que ocurre cuando una sabe que está a punto de morir, pensó. Quizá la muerte inminente agudiza los sentidos y otorga una importancia exagerada a objetos absolutamente insignificantes. Pese a todo, sentía curiosidad.

Con un gesto tan leve que estaba segura de que Lutz nunca lo notaría, apartó el tejido desgarrado para revelar la asombrosa imagen de un majestuoso fénix grabado en un colgante de oro. En su órbita ocular centelleaba una esquirla de diamante, y la envergadura gigantesca de las alas enmarcaba la cabeza como un halo de plumas. El magnífico plumaje de la cola parecía rozar la punta de una llama mientras el ave se disponía a emprender el vuelo.

Joan estaba intrigada. Aunque sabía poco menos que nada del hombre que la llevaba, presintió de algún modo que aquella solitaria y vistosa pieza de joyería no le cuadraba en absoluto. Pero ¿cómo lo sabía? Vale, a lo mejor tenía algo que ver con que se ganaba la vida buscando pistas y resolviendo crímenes, se dijo. Al fin y al cabo, su ropa estaba totalmente camuflada por capas de ceniza y carbonilla gris, aunque no dejaba de ser obvio que el hombre no era un dandi en el vestir. Su única otra joya era una alianza lisa de oro que se daba patadas con el elaborado colgante. ¿Por qué la perturbaba aquello? ¿Por qué tenía la inquietante sensación de que había visto a ese hombre en alguna parte? Y lo que era más importante, ¿por qué pensaba siquiera en cuestiones tan irrelevantes en un momento como ése?

Entonces, de repente, la lluvia de chispas remitió y

Paul Lutz le apartó los brazos de la cabeza. Joan alzó la cara con cautela y la expuso a los crueles y rigurosos elementos. Se atrevió a mirar con osadía hacia las llamas que se cernían dramáticamente sobre ellos desde todas las direcciones concebibles. Algunas superaban los treinta metros de altura, apreció, mientras que otras se arrastraban cercanas al suelo, absorbiendo toda molécula de oxígeno a su alcance.

La mayoría de los fuegos en la hierba avanzaba en la dirección del viento, si bien otros pocos se arrastraban y ardían contra él. Se diría que la suerte estaba ya echada, como si ya no hubiera leyes de la naturaleza establecidas en las que confiar: al menos ninguna que tuviera autoridad sobre aquellos fuegos en concreto.

No debería sorprenderse, supuso. Sus años en la policía la habían puesto en contacto con los bomberos de Nueva York y su caudal de conocimientos. En ese momento recordó que le habían dicho que un incendio gigante como ése en realidad crea su propio clima y sus vientos. Sean McFadden, uno de los veteranos del cuerpo de bomberos de la ciudad que había caído en el 11 de Septiembre, le contó una vez que todo fuego posee voluntad y personalidad propias. En aquel momento dio por sentado que era una simple visión romántica del poder del fuego, fruto de su talento irlandés para embellecer y mejorar la verdad. Ahora, al presenciar el ejército implacable de llamaradas que avanzaba sin pausa hacia ella, comprendió con exactitud a lo que se refería, y se sintió humillada por la vulnerabilidad que había formado parte necesaria y rutinaria del trabajo del fallecido.

Alguien le tiraba del brazo, pero apenas lo notaba. Tenía la extrañísima sensación de que ya no habitaba su propio cuerpo, de que presenciaba toda esa estampa espeluznante desde algún lugar remoto. Alguien le gritaba al oído y hacía añicos el cómodo e insensible capullo de estupefacción en el que se había acurrucado, instándola a buscar cobijo en la casa. La voz pertenecía a un frenético y animado Paul Lutz, pero ella se vio incapaz de responder. Con mano firme, el hombre agarró a la perra por el pescuezo y la impulsó hacia delante, mientras con la otra arrancaba a Joan de su estado de pasmo y casi parálisis.

—¡Corre! —exigió Paul, y esa palabra sola de algún modo penetró la barrera creada por el *shock* y devolvió sus sentidos a Joan con una sacudida.

Era una repetición del 11 de Septiembre. Los relojes se sacudieron y el tiempo se convirtió en una bala disparada. Las horas hicieron implosión. Los minutos se metamorfosearon en cohetes y los segundos se comprimieron en cuentas de energía explosiva. Descomunales nubarrones de calor se dispararon de repente hacia el techo del cielo y después se hincharon hasta formar espeluznantes dragones de aliento ígneo.

Y entonces llegó el ruido: oh, Dios, el inenarrable e insoportable pandemónium de la destrucción total. Era el rugido gutural de un monstruo, la carcajada arrogante y cascada de una bruja malvada y la electricidad estática ensordecedora del infierno aunados para formar un solo coro macabro de punta a punta del cañón.

Todos los músculos del cuerpo de Joan se contrajeron en fascículos y entonces sus piernas adquirieron vida propia y arrancaron como pistones de motor. Sin darse ni cuenta, estaba corriendo a toda velocidad del costado de Paul y la perra. Las llamaradas hostigadoras les lamían las piernas y prendían sus huellas mientras hombre, mujer y perra corrían para salvar la vida. El hedor a carne quemada y pelo chamuscado invadió sus narices y revolvió sus estómagos, pero no pararon de correr. Unos chillidos primitivos y extraños que bien podrían haber sido suyos atravesaron el poco aire que quedaba.

Y entonces Paul se detuvo bruscamente, provocando que Joan topara con él, en una brutal interrupción de su inercia que le empotró el cerebro contra las paredes del cráneo.

—¡¿Qué?! —aulló a través de las réplicas de dolor que la sacudían.

Después, nada. Sólo el estruendo cacofónico del viento y el crepitar sobrecogedor e incesante del follaje muerto y moribundo.

—¡¡¡Paul!!! —chilló con todas sus fuerzas hacia el humo cegador y nocivo que los separaba—. ¡¡¡Paul!!! ¡¡¡Qué pasa!!! —preguntó mientras sacudía a tientas los brazos a través de una nube tóxica de gases letales para encontrarlo.

—La casa —gritó él con la voz ronca y atenazada por el humo furioso—. Está ardiendo.

8

LA LEYENDA DEL FÉNIX

Hay quienes creen (muchos de entre ellos, guionistas) en el inconsciente colectivo, un fenómeno consiste en que a más de una persona se le ocurra de manera espontánea la misma idea original. El 26 de octubre de 2003, Joan Eagan, Paul Lutz y una pastor alemán llamada *Greta* respondieron a una inspiración colectiva de ese preciso tipo arrojándose de cabeza a una piscina, apenas unos centímetros por delante de las mortíferas llamas que los acosaban.

En cuanto estuvieron los tres debajo del agua, el silencio abrupto y absoluto fue tan profundo que reverberaba en los oídos como disparos que rebotaran en los recovecos del cerebro hasta ser absorbidos por completo.

La perra fue la primera en asomar a la superficie, aunque se atreviera tan sólo a sacar el más mínimo fragmento de fosa nasal a la abrasadora atmósfera.

Paul emergió el siguiente y la cabeza de Joan salió a flote a su lado instantes después. Inhalaron con ansia una ráfaga de calor rancio del aire incinerado, con la que inundaron a grandes tragos sus pulmones afamados de oxígeno, antes de hundirse de nuevo hacia el frescor del fondo.

Reducidos al lenguaje mudo de las pupilas dilatadas y las expresiones de consternación, esperaron a que amainara la tormenta de fuego, con la esperanza de que se aplacara antes de ahogarse allí abajo... o peor, hervirse. Como un par de juncos largos y talludos se balanceaban suavemente en su entorno fluido, mientras las llamas inmisericordes los miraban desde la superficie de la piscina manchando el agua de un naranja chillón.

Allí, en la silenciosa quietud de la muerte al acecho, los relojes de pared y pulsera del mundo se paralizaron de repente. Los minutos y segundos se vieron despojados de todo sentido y el tiempo tal y como lo conocían dejó de existir.

Sólo entonces la vio Lutz de verdad: ese otro ser viviente empaquetado en forma de mujer que con tanta gracilidad flotaba a su lado. Mágicamente, y fiel al estilo con que los hombres han apreciado a las mujeres a lo largo de la evolución humana, la estudió como si tuviera todo el tiempo del mundo y, en cierto sentido, lo tenía.

De repente quería saber todo lo posible sobre ella, desde su acento de la costa Este hasta los delicados pendientes de diamantes de sus orejas, pasando por su modo bravucón de empuñar una pistola.

Sus primeras observaciones fueron las de costumbre, predecibles: ojos castaños, larga nariz griega, pelo castaño y tupido que flotaba suelto por delante de su cara como tenues nubes que taparan la suave luz de la mañana. Estaba en forma, musculada pero no a la manera de los cuerpos mimados y endurecidos por los gimnasios de Hollywood. Entre treinta y cinco y cuarenta años, supuso, a juzgar por los primeros y tenues asomos de arrugas que se gestaban en su frente y alrededor de los ojos. Estaba seguro de que esa mujer ni siquiera se había acercado al Botox, algo que sin saber muy bien por qué lo complacía. Las fallas superficiales de su incipiente edad no restaban un ápice de encanto a su cara. En realidad, no hacían sino añadir interés e intriga, al igual que la cicatriz casi microscópica que detectó en su labio inferior.

La camiseta otrora blanca que llevaba estaba teñida ahora de un tono opaco de gris por la ceniza caída, y tomó nota de una interesante ausencia de sujetador. Al parecer, no esperaba compañía. El tejido de algodón se le pegaba con acuosa transparencia para revelar unos pechos blandos en forma de lágrima que se mecían de manera adorable con el movimiento del agua. Poco a poco fue cobrando conciencia de un parentesco con esa mujer, una especie de vínculo primigenio compartido, aunque ni siquiera conociera su nombre.

Fue entonces cuando vio en su cara una expresión

dramática y descubrió que, milagrosamente, el agua había perdido el ominoso resplandor anaranjado del fuego y por fin estaba otra vez azul. De algún modo la tormenta de fuego les había pasado por encima como un bulldozer mientras esperaban escondidos en lo que fácilmente podría haberse tornado una tumba.

Salieron con expresión triunfal a la superficie, donde los acogieron los ladridos roncos y continuos de *Greta*. La perra recorría con andares impacientes el perímetro de la piscina, se diría que fresca como una rosa, y Joan se descubrió sollozando de alivio. El peligro todavía acechaba a una distancia terroríficamente corta, de eso no cabía duda, pero no empañaba la pura dicha del momento. Salió de un salto de la piscina y corrió hacia su perra, seguida de cerca por Paul.

Ajenos por un instante a los fuegos que arrasaban sus inmediaciones, hallaron todos alivio en la constatación del buen estado de los demás. Acababan de aprovechar una posibilidad insignificante y podían respirar otra vez. De repente, eso era lo único que importaba. El momento presente era todo lo que tenían, y con eso bastaba. En realidad, era más de lo que nadie hubiera podido esperar. Aunque también era pasajero.

Era probable que tarde o temprano murieran allí juntos, pensó Joan, y sabía por la expresión de Paul Lutz que él también lo pensaba. Se plantó ante él con aire solemne, chorreando agua de sus intersticios corporales y con la ropa pegada a la carne, con la súbita sensación de estar más desnuda que si no llevara nada en absoluto. Paul le devolvió la mirada sin emitir un sonido, y en la calma silenciosa que siguió cada par de ojos se reconoció con ternura en el reflejo del otro.

—Ni siquiera sé cómo te llamas —observó Paul con voz suave.

—Joan.

—Joan —repitió él con la reverencia de una plegaria—. Joan, ¿te sientes tan rara como yo ahora mismo?

—¿A qué te refieres?

—No estoy seguro —reconoció Paul, y desvió la mirada hacia la distancia llameante—. Como colocado o algo así. Como si me hubiera acabado de tomar una buena copa de merlot con el estómago casi vacío, y de repente todo parece tan... tan increíblemente hermoso. —Volvió la vista hacia ella, expectante—. Una cosa así —concluyó.

Joan bajó la vista al suelo y sacudió la cabeza.

—No, no puedo decir que me sienta así —respondió con tristeza—. Lo que es yo, lo veo todo feo y terrorífico. Como un gato grande y viejo jugando con un ratón antes de devorarlo, y tú y yo somos el ratón. —Entonces fijó la vista en la cara de Paul—. ¿Tú no te sientes así, también? ¿No estás aunque sea un poco pasmado?

Las siguientes palabras que surgieron de labios de Paul los sorprendieron a los dos por igual.

—¿Miedo? —dijo—. No puedes tener miedo si ya estás muerto.

—¿Qué? ¿Qué acabas de decir?

—Yo... sólo quería decir que...

—Sólo querías decir ¿qué? —Los ojos castaños de Joan lo miraban con incredulidad.

—A lo mejor lo que digo —comenzó él, corrigiéndose a marchas forzadas— es que la muerte es inevitable, ¿me entiendes? Nadie la evita por siempre.

—Eso por desgracia lo sé muy bien.

—Pero eso no tiene que ser necesariamente el final de nada. No lo sé, a lo mejor morir es un nuevo principio en cierto sentido. Lo único que sé es que ahora mismo veo cierta belleza y armonía en este caos absoluto que jamás habría percibido cuando estaba tan ocupado en tratar de vivir. Ahora que he... esto, que hemos visto que no tenemos control sobre nada, es como si pudiéramos pararnos a oler las rosas, imagino.

Joan no se estaba tragando nada de aquello y él lo sabía. En lugar de responder tocó con los dedos el pesado colgante que pendía de su cuello.

—Háblame de esto —le sugirió, en cambio.

—¿No conoces la leyenda del fénix? —preguntó él con exagerada sorpresa.

—Soy policía, no escritora —le espetó ella—. Las únicas leyendas con las que trato son de las que llevan a la cárcel.

La tristeza de un soldado herido en el campo de batalla de la vida lo contemplaba a través de sus vaporosos ojos castaños. Se preguntó qué la habría herido tan hondo. ¿Qué tenía esa mujer tan capaz y competente en un momento, y a la vez tan frágil al siguiente?

—Pues bueno, la leyenda del fénix debería conocerla todo el mundo —empezó—. Trata de un ave sagrada y hermosa que vive varios centenares de años seguidos. También se dice que es completamente única, única en su especie —añadió, espoleado por su expresión fascinada—. Algo así como tú —improvisó con rapidez—. Ya sabes, sola, pero feliz.

Ella dejó pasar la comparación sin reaccionar de ningún modo, por lo que decidió no probar suerte hurgando demasiado.

—Sólo podía existir un fénix a la vez —prosiguió, sin desanimarse—, y cuando se acercaba el final de su vida, construía un nido de ramitas y hojas secas y entonces batía las alas por encima mientras cantaba una bella canción. Sacudía esas alas magníficas con tanta fuerza y rapidez que el nido se prendía fuego y entonces el ave se adentraba en las llamas hasta quedar desintegrada en un montón de cenizas.

—¡Es horrible! —interrumpió Joan.

—Espera, no he acabado —la tranquilizó—. Entonces, después esa hermosa criatura se alzaría de entre esas mismas cenizas de su antigua vida. Pero entonces sería un ave completamente nueva y única, y volaría por el cielo puro y despejado hacia el sol como símbolo de resurrección e inmortalidad.

Joan no pronunció una sola palabra y Paul decidió esperar en silencio a que reaccionara, por mucho tiempo que hiciera falta. Por una vez en su vida, no tenía prisa.

—Ojalá no fuera sólo una leyenda —sollozó ella por fin mientras se secaba un súbito aluvión de lágrimas—. Ojalá fuera verdad.

Paul le acarició la cara con ternura y después le apartó castamente un mechón de pelo de la mejilla.

—A lo mejor es verdad —dijo con tono esperanzado—. A lo mejor esta vida tiene más secretos de los que tú y yo hemos descubierto nunca.

Paul fijó la vista en las profundidades de los ojos de ella, más allá de las lágrimas. Allí captó un destello de los movimientos, la claridad, las crudas emociones humanas que habían yacido latentes, a la espera de verse liberadas en un momento como ése.

Y de repente, el de la Reserva Forestal de Cleveland no era el único incendio desatado.

9

LECCIONES DE VUELO

Entrada esa misma tarde, los mortíferos vientos de Santa Ana se reunieron para una última salida al escenario ante un público cautivo de dos personas. Aquello, sin duda, era el fin. No habría más salvaciones por los pelos, no arrancarían la victoria de las fauces de la derrota, esa vez no había ni la más remota posibilidad de escapar.

Joan y Paul estaban sentados con serenidad en el borde de la piscina, con la perra aovillada confortablemente entre los dos. Bañaban los pies desnudos en el agua relajante mientras contemplaban el avance de los fuegos que los consumirían sin remisión.

Ya no tenía sentido resistirse, pensó Joan, y el mero acto de reconocerlo para sus adentros hizo que la inundara una oleada de tranquilidad. Se preguntó si era eso lo que Daniel había sentido momentos antes de su muerte, atrapado en una prisión flamígera en las alturas de la ciudad. Esperaba que sí. Esperaba que al menos le hubiera quedado ese consuelo. Y entonces, por última vez en su vida, deseó poder verlo otra vez. De algún modo. De alguna manera. «Quién sabe lo que es posible una vez termina esta vida», caviló.

Absorta por completo en sus pensamientos, no reparó en que Paul Lutz la estudiaba a la suave luz del resplandor del fuego.

El pelo ya se le había secado del todo, y de algún modo se las había ingeniado para recogérselo en una cola suelta enroscando un mechón en torno a la base para sujetarla. El motivo de que aquello pareciera importante era un misterio para él. No era más que otro ejemplo de los exquisitos gestos femeninos que realizan de vez en cuando las mujeres, gestos sencillos capaces de hincar a un hombre de rodillas en señal de admiración y aprecio.

«Annie hace mil cosas así todos los días», pensó con ternura. De repente lo asaltó la tristeza, no porque supiera que ya estaba muerto, sino porque Annie y los niños todavía tenían que enterarse. Si al menos pudiera ponerse en contacto con ella de alguna manera, pensó. Si al menos algún día pudiera hacerle saber que no había sufrido, que la había amado a ella y a los niños hasta el mismísimo final, que volverían a estar juntos algún día. Pero los vivos no suelen tener acceso a esa información, recordó con un suspiro.

Joan oyó el pesaroso suspiro y se volvió para examinarlo. Pasó un brazo afectuoso por encima del lomo de la perra y después acercó un poco la cara hacia él. Parte del pelo de su cola improvisada se había soltado y colgaba ahora libre por debajo de sus orejas como un par de pendientes blandos y plumosos. El cielo encendido dotaba a su cara de un brillo naranja dorado que le suavizaba la larga nariz griega y los pómulos marcados. Y entonces las gigantescas llamas danzaron en sus cabellos y los iluminaron con una docena de tonos centelleantes de marrón, dorado y cobre, y Paul supuso que nunca había estado más guapa.

—¿Paul? —dijo ella con voz queda y los ojos castaños encendidos.

—¿Hummm?

—Me parece que ya sé lo que querías decir, eso de lo hermoso que parece todo de repente.

—¿De verdad?

—Sí. Es decir, en cuanto, no sé, te dejas llevar, supongo, todo se vuelve perfecto y... tan hermoso.

—Joan —arrancó él, vacilante—, ahora hay algo que debería contarte.

Pero ella no escuchaba, constató. Estaba animada y emocionada y saltaba a la vista que quería desahogarse.

—Nunca he creído en Dios —declaró con firmeza—. Bueno, a lo mejor de pequeña —se corrigió—, pero no después del 11 de Septiembre. No después del dolor, el sufrimiento y la pérdida que sentí.

—Puedo entenderlo.

—¡No, espera! —prosiguió ella—. De golpe y porrazo, me doy cuenta de lo mucho que me equivocaba.

—¿Ah, sí?

Joan alzó una mirada triunfal hacia los fuegos airados y su cara adoptó una expresión radiante.

—Del todo —dijo—. Es curioso que las cosas que antes me hacían dudar de la existencia de Dios sean las mismas que ahora me la demuestran. Como este incendio, por ejemplo. ¡Es tan espléndido! Todo un proceso de purificación para la tierra. ¿Sabías que hay ciertos tipos de flores silvestres que sólo florecen después de un incendio forestal?

Lutz ya lo sabía, por supuesto, pero prefirió no decirlo.

—¿Sí? —replicó simplemente.

—¿Y sabías que ciertos tipos de piñas no pueden liberar sus semillas hasta que el calor de un incendio derrite la capa cerosa que las recubre?

—No me digas. —Sonrió por un momento, y luego volvió a adoptar una expresión solemne—. ¿Qué pasa con el 11 de Septiembre? —preguntó con dulzura—. ¿Cómo demuestra eso la existencia de Dios? Apuesto a que muchos pagarían por oír lo que piensas de eso.

—Me acabo de dar cuenta de algo muy importante sobre aquel día que no había recordado hasta ahora mismo —respondió emocionada, con los ojos luminosos del color de las llamas.

—¿Sí? A ver, ¿qué es?

—Aquel día vi el rostro de Dios —susurró ella, sobrecogida.

—¿Viste a Dios de verdad? —dijo Paul para intentar aclarar su afirmación, incapaz de encubrir un deje de incredulidad apenas perceptible.

—Sí, lo vi —respondió Joan Eagan inequívocamente—. Lo vi en la cara de mis compañeros que subían por las escaleras de la Torre Sur mientras todos los demás bajaban en dirección contraria. Lo vi en los ojos de la gente corriente que se paraba a ayudar a los demás a salir de allí, sin preocuparse en absoluto de su propia seguridad. Aquellas escaleras en llamas y aquellos pasillos llenos de humo tenían una especie de belleza sutil, pero del todo natural que trascendía cualquier cosa que hubiera visto antes. La mayoría de las personas nunca llega a ser testigo de la auténtica bondad que reside en el corazón de todos los seres vivos de este planeta. Ni siquiera yo la reconocí como tal en su momento, pero ahora sí. Tuve la suerte de ver que la gente es básicamente amable y cariñosa. Que todo el mundo, en las circunstancias adecuadas, es un héroe en espera de manifestarse. Está en nuestra naturaleza y ahora lo veo con claridad. ¡No me puedo creer que me hayan hecho falta más de dos años para procesar y descubrir eso! —terminó sin aliento—. Supongo que hasta ahora no estaba preparada para mirar más allá del dolor y la amargura.

Paul estaba tan conmovido por la repentina revelación de esa mujer, que le costó encontrar las palabras que quería pronunciar.

—En el mundo espiritual, no existe lo que conocemos como espacio o tiempo —se oyó decir—. Lo único que importa es que en un momento dado te abras a ese conocimiento, por mucho que tardes.

Joan sonrió apaciblemente.

—Lo sé —confirmó—. Ahora por fin lo entiendo, Paul —anunció llena de gozo—. Al final todo obra en nuestro beneficio. Hay un plan, uno bueno. Y a nosotros nos corresponde formar parte de él... a lo mejor incluso más de una vez.

—¿Podrías ser más concreta? —la incitó Paul con tono comprensivo. Joan parecía experimentar el mismo fenómeno de claridad que se había apoderado antes de él, cuando el hombre de la sonrisa deslumbrante le había pasado por el cuello el colgante del fénix, y quería oír más.

—Nada más verte —empezó ella, satisfaciendo de buen grado su curiosidad—, he sentido la certeza de conocerte. Estaba segura de que habíamos coincidido en alguna parte. ¡Y ahora sé dónde!

—¿De verdad? ¿Dónde?

—¡En todas partes! —Ya estaba verdaderamente exultante—. Todo es un ciclo permanente: nuestras vidas, los incendios forestales, las experiencias que tenemos. En realidad no morimos nunca. Tan sólo seguimos atravesando distintas fases, durante las cuales a veces topamos el uno con el otro y a veces nos separamos por una temporada... al menos, hasta la siguiente fase... o vida.

Paul le apoyó las dos manos en los hombros para no alarmarla.

—Joan —dijo con mucho énfasis—, hay algo que tengo que contarte ahora mismo.

—De acuerdo —concedió ella, con la cara todavía resplandeciente de emoción.

—Estoy muerto.

—¿Qué?

—Bueno, a lo mejor tendría que decirlo con otras palabras —se corrigió él—. Verás, me encuentro en una de esas fases distintas que acabas de mencionar.

—¿Cómo lo sabes?

Paul se encogió de hombros.

—Lo sé y punto. Estoy bastante seguro de que ha sucedido al otro lado de esa loma de allá. Creo que es allí donde he completado una fase y he empezado otra. Había un..., eh..., una persona que ha venido a mí. Me ha dicho que no me preocupara por nada. —Lutz metió la mano en su camisa cubierta de carbonilla y sacó el colgante—. Me ha dado esto —dijo—, y me ha dicho que viniera contigo.

—¿Conmigo? —Joan estaba atónita—. ¿Por qué?

—Creo que me estaba diciendo que tenía un trabajo pendiente antes de poder seguir adelante.

—¿Qué era...?

—Contarte la historia del fénix. O sea, es a lo que me dedico. Cuento historias y supongo que mi cometido era transmitirte el mensaje de la resurrección y la vida eterna.

Joan ya no sabía qué decir. Miró a la cara de Paul Lutz con gesto inexpresivo y se limitó a escuchar el rugido y crepitar del fuego que se les acercaba con cada minuto que pasaba.

Y entonces sucedió algo extraño. El fragor del incendio se volvió musical, una orquesta, ¡no, una sinfonía! Poco a poco, Paul se puso en pie y le tendió la mano para ayudarla a levantarse. Perpleja, Joan se entregó a sus brazos mientras él marcaba el paso de una cautivadora y embriagadora danza de algún tipo. Agradecida, cerró los ojos y apoyó la cabeza cansada en su fuerte hombro. Se movía sin esfuerzo y con gracia al compás de la música encantadora, y entonces alguien le dio un toquecito en el hombro.

—¿Me concede este baile? —preguntó una suave voz familiar desde las sombras, y abrió los ojos de par en par al instante.

—¡Daniel! —susurró con la voz ronca—. ¡Oh, Daniel!

Lágrimas de pura alegría estallaron en sus ojos, y Daniel le envolvió la cara con las manos para atrapar el goteo. Estaba espléndido, radiante, feliz y lleno de satisfacción.

—Jamás me iría sin despedirme —susurró en tono de consuelo, con los labios pegados a su oído.

Bajo el bienvenido resplandor de su sonrisa, las palabras fueron calando poco a poco y algo duro y reseco en su corazón —quizás una costra de algún tipo— de repente cayó y cuajó en cambio en un bello e indeleble recuerdo de amor. Por fin empezaba a curarse algo muy hondo e increíblemente doloroso. Estaba segura.

—Te quiero, Daniel —dijo con un hilo de voz entre lágrimas de arrobo.

Daniel sonrió con aire triunfal.

—No habría descansado nunca hasta encontrarte —susurró como respuesta, mientras la abrazaba por un glorioso y balsámico momento.

Al parecer, sin embargo, Daniel no había llegado solo. Alguien más salió de repente de entre las llamas cercanas. Era otro hombre. Tenía la piel aceitunada y lucía un grueso bigote negro por encima de una sonrisa que sólo podía describirse como deslumbrante.

A pesar de la presencia de Daniel, Joan era incapaz de apartar la mirada del recién llegado.

—¿Estoy... estoy soñando o algo así? —preguntó con la voz entrecortada—. ¿Quién...? ¿Quién eres tú?

Paul Lutz aportó la respuesta.

—Le gusta que le llamen Amigo —apuntó.

Entonces el desconocido dio un paso hacia ella y habló con una voz que era un cruce de música y plegaria.

—No hemos venido a ayudarte a morir, Joan Eagan —murmuró—. Hemos venido a ayudarte a vivir.

—Pero, pero a lo mejor ahora prefiero quedarme aquí con todos vosotros —rogó ella a la desesperada—. ¡Creo... creo que me gusta estar aquí!

—A todo el mundo le gusta —le aseguró el hombre con ternura—, pero todavía no es el momento adecuado. Todavía te quedan cosas de esta vida por vivir, sólo que ahora te sentirás viva de verdad, de un modo que antes no habrías ni soñado.

—Vale —se oyó ceder con tono resignado—. Si... si tú lo dices.

Entonces los tres hombres la rodearon y se asomaron con afecto a las profundidades de su mismísima alma.

—Algún día, cuando seas una anciana dama —empezó el hombre de la sonrisa deslumbrante—, le contarás a tus nietos cómo surgiste de un incendio una vez, cómo construiste una vida nueva y hermosa sobre las cenizas de una anterior, quizá muchas anteriores.

Joan sintió que empezaba a desintegrarse y flotar como un ascua menuda por los aires.

—¡Esperad! —suplicó—. ¡Esperad un segundo! ¿Qué pasa con Paul y su familia? ¡Seguro que puedo hacer algo para hacerles las cosas más llevaderas, si tengo que regresar!

—Ahora que lo dices, sí que hay algo —comentó Paul con voz queda, mientras daba un paso vacilante al frente. Se quitó la alianza del anular izquierdo y la depositó en la palma de Joan—. Encuentra a Annie —dijo— y dale esto de mi parte.

Joan apenas podía hablar, abrumada por el caudal de lágrimas que le surcaba la cara, la garganta y el corazón.

—Pero ¿qué le digo? —sollozó—. ¿Tal vez hay algo que pueda ayudarla a curarse como acabo de hacer yo? ¿Algo que sólo pudiera provenir de ti? —se preguntó en voz alta—. ¿Algo que le demuestre que esto es real?

Paul sonrió con aire enigmático.

—Dile —explicó—, dile que es la madreselva de mi corazón. Dile que si alguna vez se siente sola, asustada o triste, que me busque en las madreselvas y yo la esperaré allí para consolarla.

Joan Eagan sabía ya que nunca volvería a tener miedo de morir. Todo iba bien. No pasaba nada por morirse porque en el proceso siempre encontraría nuevo amor y nueva vida... una y otra y otra vez.

Se sintió flotar grácilmente por encima del paisaje color sepia, como envuelta por las alas de un gran pájaro. Supo sin lugar a dudas que el bosque florecería de nuevo. Llegarían las lluvias, y los tonos negros y grises darían paso a espectaculares flores y colisiones de color. Los venados y los pumas regresarían y las serpientes y roedores asomarían con cautela desde el cobijo de sus madrigueras y volverían a aventurarse al exterior.

El ciclo entero comenzaría de nuevo. Como siempre había hecho. Como siempre haría.

EPÍLOGO

Unos sonidos extraños resonaban a su alrededor. El gemido grave e inconfundible del aparato de soporte vital parecía provenir de todas direcciones, salpicado de pitidos agudos y murmullos. Era curioso que pudiera oír tantas cosas y al parecer fuera incapaz de ver. Así debe de ser emerger del útero, pensó, mucho ruido extraño... y frío. Qué frío tenía. Empezaron a castañetearle los dientes sin su consentimiento consciente.

Ah, algo cálido la cubría de repente. Una manta. Sí, una manta caliente, nada menos, y olía como el interior de una secadora. Uno por uno, iba recobrando los sentidos, descubrió. El oído, el tacto y el olfato ya habían regresado, pero ¿qué pasaba con la vista? Se seguía sintiendo incapaz de abrir los ojos. A continuación llegó el gusto; algo metálico y repulsivo le recubría la parte posterior de la lengua. Era espantoso. Le

daba ganas de... oh, no. Sintió que el ardiente contenido de su estómago se elevaba sin permiso y le obliga-
ba a abrir los ojos al mismo tiempo que la boca. Unas
manos oliváceas doblaron una toalla blanca por encima del vómito y lo apartaron pulcramente de su vista.
Un paño fresco le acarició la mejilla y los labios corta-
dos hasta eliminar todo rastro del líquido caliente y
rancio que acababa de surgir de sus entrañas. Las cosas
empezaban a volverse nítidas. Las sombras borrosas y
las formas turbias fueron coagulándose poco a poco
en personas individuales, la mayoría vestidas con ba-
tas blancas de laboratorio por encima de las prendas
azules del hospital.

Salvo una.

Al fondo de la multitud un hombre alto llevaba algún tipo de uniforme azul. Quizá de policía. El nombre de la etiqueta de su bolsillo de la camisa empezaba
con la letra zeta... Zelinski, eso era, y tenía una sonrisa
extendida de oreja a oreja sobre una cara que chorrea-
ba lágrimas de alivio.

Bizqueando a través de su confusión, Joan Eagan
examinó su entorno inmediato en busca desesperada
de pistas. Trató de encontrar algo familiar, algún tipo de
amarre para su mente embrollada, y entonces sus ojos
se sintieron atraídos por una sonrisa deslumbrante
bajo el dosel de un grueso bigote negro. Era lo único
que le parecía aún remotamente familiar. Lo había visto
alguna vez; de eso estaba segura. Y entonces el hombre se inclinó sobre ella, calentando un estetoscopio

entre sus manos oliváceas antes de situárselo con suavidad sobre el corazón.

Ninguno de los ocupantes de la sala habló mientras el hombre de la sonrisa deslumbrante auscultaba la fuerza vital de su interior. Incluso el runrún mecánico de la bomba de succión, el monitor cardíaco y la máquina que regulaba la cadencia de entrada de fluido intravenoso parecieron armonizarse de improviso y bajar el estruendo por respeto una octava o dos.

—Tu corazón está bien, amiga —le murmuró el doctor al oído, y Joan habría jurado percibir un rastro de algo que olía a fuego.

La palabra «amiga» la recorrió como una bofetada en la cara.

—Tú. —Consiguió con gran esfuerzo pronunciar la palabra por encima del tubo nasogástrico de goma roja que le recorría la garganta—. Tú estabas allí —insistió—. Ahora lo recuerdo.

Las enfermeras y el resto del personal hospitalario que rodeaban la cama le sonrieron con aire condescendiente.

—¿Ah sí, de verdad? —comentó el médico, al parecer divertido.

—Sí. De verdad —contestó ella con la voz rasposa.

Y entonces reparó de repente en algo que centelleaba detrás de la corbata de seda y la camisa abrochada del médico. Se trataba de alguna joya —una abultada— y entonces recordó el colgante con la imagen del fénix y todo volvió de golpe a su recuerdo.

—Estabas allí, ¿verdad? —insistió.

—¿Yo? —La risa del médico era encantadora, pero no del todo convincente.

—Sí, tú —sostuvo ella—. Estabas cuando el fuego por fin llegó hasta nosotros. Lo recuerdo. Me dijiste que me alzaría como un fénix de mis cenizas. Que construiría una vida nueva y hermosa sobre las cenizas de la anterior.

Entonces una de las enfermeras le aplicó una inyección intravenosa.

—No pasa nada, señorita Eagan —la tranquilizó la enfermera—. A veces, cuando el cerebro se ve privado de oxígeno durante mucho tiempo, la gente puede creer que experimenta cosas que no son necesariamente...

—¡No! —protestó Joan—. ¡Aquello fue real! ¡Sé que lo fue! —Se volvió hacia el médico de la sonrisa deslumbrante—. Díselo —rogó—. Diles lo que me contaste, lo de que nunca morimos de verdad. ¡Cuéntaselo, por favor!

La enfermera lanzó una mirada inquisitiva al doctor y éste le dio permiso con la cabeza para que añadiera otro ingrediente más a la bolsa de fluido intravenoso.

—Cuéntaselo —murmuró Joan mientras luchaba contra la gloriosa oleada de inconsciencia que se apoderaba de ella.

Apenas tuvo fuerzas para abrir los ojos una vez más, pero cuando lo hizo el médico estaba de espaldas a ella y se encaminaba hacia la puerta. Sin embargo, debió de notar su mirada, porque de repente se paró en seco y se volvió poco a poco. La habitación blanca y mecánica del hospital fue llenándose del color y la calidez penetrante que parecía irradiar la esencia misma del hombre. Una vez más, la sonrisa del doctor prácticamente la cegó cuando unos ojos marrones inclinados hacia abajo se fusionaron con sus anhelantes iris castaños.

Y entonces le guiñó el ojo.

ÍNDICE